# 背着家去旅行

陆建元 著

北京航空航天大学出版社
BEIHANG UNIVERSITY PRESS

远方。一无所有。应有尽有。

谨以此书献给我和妻的父母亲
以及好友金毅
没有他们，我们哪里也去不了

# 内容简介

　　较之于走马观花式的旅游体验，旅居则可以称为一种奇妙的生活方式。本书作者八年多的旅居札记，向我们展示了一种温情、幽默、智慧却又厚重的幸福生活。从上海到束河、台湾、威海、桂林、北京，再到现在旅居的大理，作者带着他的妻子、牵着他们的狗、载着他们的行李，一路流浪、一路生活、一路感悟。其间或风趣或惊艳或沉重或辛酸的一段段故事，让人动容，让人心驰神往。

**图书在版编目（CIP）数据**

背着家去旅行 / 陆建元 著 .－－ 北京：北京航空航天大学出版社，2013.2
　ISBN 978-7-5124-1040-4

　Ⅰ.① 背… Ⅱ.①陆… Ⅲ.① 游记－作品集－中国－当代 Ⅳ.① I267.4

　中国版本图书馆 CIP 数据核字（2012）第 307229 号

## 背着家去旅行

陆建元　著
策划编辑：谭　莉
责任编辑：郑　方
＊
**北京航空航天大学出版社出版发行**

北京市海淀区学院路37号（100191）http://www.buaapress.com.cn
发行部电话：(010) 82317024　传真：(010) 82328026
读者信箱：bhpress@263.net　邮购电话：(010) 82316936
北京尚唐印刷包装有限公司印装　各地书店经销
＊
开本：700×1000　1/16　印张：14.75　字数：221千字
2013年2月第1版　2013年2月第1次印刷
ISBN 978-7-5124-1040-4　定价：39.80元

开着我们的车，带着我们的狗，载着我们的爱情和梦想，从上海出发，青岛，广州，束河，台湾，威海，桂林，北京，大理……你们将会在哪里停下？不，我们不知道终点在哪里，只知道梦想的地名越来越多而时间越来越少，只知道携手的坚定却不问路途和终点。

　　相对于背着包拿着《Lonely Planet》或《米其林指南》，尽情汲取这世界每一个角落精华的旅者，旅居生活远远没有那么梦幻。那些被人津津乐道的特色被时间慢慢侵蚀，如同镀金佛像的表面，渐渐浮现出来的东西平凡且普通，无论如何也无法被冠以什么之最或什么第一的名头。可是对于旅居者来说，这些东西却显得如此沉重珍贵，在它们面前，旅行本身变得无比卑微，更遑论比较其好坏高低。

　　我想从生物学角度来讲，旅居的生活方式绝对是反自然的。又不是战乱纷起的动荡时代，年年搬家既不利于生存也不利于繁衍。只是虽然搬家的过程百般难受，可一旦搬完，当渐渐开始享受新的地方温暖而懒散的阳光，慢慢开始和当地人跷着二郎腿互吹牛皮的时候，不得不说，总能莫名其妙又多了一种人生体验。

　　若你从未做过以"月"甚至"年"为计量单位的旅行，如果条件允许的话，请无论如何务必尝试一次。去过的或者没去过的地方，一些从未凝聚过的东西会随着时间慢慢在你心里滋长。即使当你重新回到原来熟悉的生活，那小小的世界也已经不似往日，夜阑人静时，你依然可以清楚地感受到那段微弱的，但顽强跳动着的节奏。

# 束河

## 左手到右手，隔着一座雪山

那一瞬间我总有种奇怪的感觉，似乎我能够随时把桥、雪山、银月和妻的背影一起裱在一个大画框中，挂在全世界只有我能找到的墙壁上永恒收藏。

把西装或者筒裙放进衣柜，公文包笔记本塞到办公桌底下，拔掉手机电池，把 MSN 状态调成暂离，甩掉皮鞋或者高跟鞋，然后逛一圈书店，穿上牛仔裤来丽江发呆。

渐渐地我也能体会到那种氛围，与我们之前在任何地方旅居的感受都不同，之后的数年也再未遇到过。这么形容吧，如果之前的麦海能使人体会到最原始、最恒久、最纯的美，那么白沙古镇就是在这个特定空间中摆放在最恰当位置的沙发，让人一旦坐下，就会慢慢深陷进去，再也不愿意起来。

# 台湾

## 遗忘的时间

八年来我们旅居过不少城市，其间不乏种种令人怀念的美味佳肴，和让我们印象深刻的饭馆。可是只有台北，能让妻每次忆起时不停地抱怨：这个这个为什么不让我多吃几次，那个那儿为什么不早点发现。也只有台北，是我们多年旅居生活中唯一一个从未在家里烹饪过一餐的城市。

我不知道史老师算不算老吴口中的台客，其实这并不重要，单单以心灵导师的层面来讲，这个屋子奇异的组合、奇特的言论及奇怪的氛围就足够让性格容易摇摆的人彻头彻尾地改变人生观了。

世界发展得太快，让年轻的永和豆浆们换上一身亮丽光鲜的行头，跑出去打拼，上了年纪的老永和们就待在古旧的村子里安安稳稳地过日子，抽着咕噜噜的水烟相互聊着上个世纪的事情吧。

爵士乐环绕在我和妻子的餐桌前跳舞，我们不再对话，不再讨论生活的琐事，旅居下一站的事，父母催着生孩子的事。等音乐结束后我们默默地喝着面前的饮料，品尝着有些辛辣但纯粹的纯麦威士忌麦香味，我们两手相握，如同从时间的尽头一起流转归来。

从朱先生的手指触摸到键盘的同时，我就有种错觉，仿佛他和钢琴在那一瞬间溶化作了别的东西，一种再也无法区分演奏者和乐器的东西。曲子本身弹得并非完美无瑕，不过不会有人挑剔，那是种只属于安静的花莲别墅。偶尔飘着小雨的天气，坚定与梦想混合后织成的音乐，我想即使是这世界上的很多钢琴大师，终其一生都无法得到类似的体验。

每一块石头都不一样，当你弯腰捡拾起任何一颗小石子，都会为它独一无二的花纹着迷。在好几个足球场大小的范围内，每一颗砾石都能告诉你一个只属于它，或者也是你的故事，同时你可以再捧起另一颗砾石，把它和你手上原有的那颗放在一起，释放你的想像力，就可以写出最曲折婉转的诗篇。

恐怕这就和如今日渐式微的眷村形式一样，随着时间的推移，那些曾经被围起来的外省人已经融合在台湾的每一个角落，你再也分辨不出谁比谁更彷徨，谁比谁更坚实，也再无法听到能够在你胸口沉重敲击的声音，以及那些无可奈何却殷切的呼吸声。

如同冰淇淋般的顺滑，叫人从此失去味觉也在所不惜的鲜美，清爽但余味丰厚的口感，我想这根本就无法用人类的文字去形容其万分之一。如果硬要说说当时的感受，我想就是那种"就让鱼肉停留在我口中，然后把我包装好放进冰窟永久保存起来"的心情。

这些东西像某种独特的气味，一层一层地把我包围。在九份的这一个星期，通过至今为止我尚无法理解的"光合作用"，我的身体开始吸收起这些气味，慢慢，慢慢，最终一发不可收拾地将其彻彻底底地融入我的血液之中，深深，深深地渗至我的骨髓里。

## 威海

### 如果豆豆在海边苏醒

可是只要有"啊哎……啊哎……"的早上，无论如何我也会醒来，侧卧在床上，安安静静地看着窗外的海，那声音几乎和海浪在同一个节拍上，和着蔓延开去的绿色，春的气息几乎像急驶的列车迎面而来。

我们离开的时候雨终于停了，从停车场朝偌大的农庄望去，一股沁人心脾的空气迎面扑来，像有一条冰得恰到好处的水线穿过喉咙，镇凉了整个胸口。他们在农家乐餐馆的门前种了一排红豆，花期刚过还没有开始结果。白云和大欧在门口向我们挥手道别。

背包客也好休闲族也好，脚步快的话估计两三个小时就能走完全程，慢悠悠边走边看山看水（看牛）的话也不过五个小时，并且绝不累人，是属于哼着田纳西华尔兹就能轻松走完全程的线路。不过能不能找到阿水那样的向导就不得而知了，道别的时候阿水说他正准备作一次长途旅行："从阳朔出发，我想骑车绕中国一圈。"

好像被一团胶状的蜜香盖起来的城市，这对我们来说真是相当难得的体验，之前连想都没想过这种场面，离开桂林后再也没有过类似的体验，虽然对我来说桂林的很多地方都不尽如人意，但是单单忆起我们曾经住在把花香当被褥盖的玉桂之乡，其他一切都是浮云了。

# 北京

## 霓虹灯到月亮的距离

不一会天空飘起了雪花，小小的，稀稀疏疏地落在妻的帽子和肩膀上，像是四处游荡的精灵。她们舞动着各自的裙摆，每一件都是巧夺天工，都是独一无二；她们随性地找一处停留，然后渐渐地，悄然无息地化作水珠，渗进世界的每一道缝隙。

我想我们原来六月份离开北京继续北上的搬家计划，之所以一而再再而三地被无限期拖延，最终在这个离首都机场十公里不到的郊外小区居住了整整两年半，其主要的原因，不，应该说是全部的原因，都可以归咎于这些人。我们甚至一度冒出长住顺义、不再旅行的念头，那是我们之前及之后都从未有过的。

一幅小小的水彩画，右边一个扎着麻花辫的女孩坐在一辆越野车的车头，摆着脚仰着头吹着风，左边是一个男孩牵着一只大狗，看着远方。背景是有些沉的土色，像是尘土飞扬的傍晚，云和风黏成厚厚的一团。

旅居在北京，无论从生活方式还是我们本身的状态，都不能跟其他的地方相提并论。从我们抵达这里的第一天开始，旅行者的身份就被潜移默化地改变着，无形地却又不由分说地被嵌进北京式的模板中：各式各样、天南海北的人们聚在一个小小的住宅区，纷纷以截然不同但个性十足的方式打乱着我们原本的每一个计划。

# 大理
### 远方

我想从生物学角度来讲，旅居的生活方式绝对是反自然的，又不是战乱纷起的动荡时代，年年搬家既不利于生存也不利于繁衍。只是虽然搬家的过程百般难受，可一旦搬完，当渐渐开始享受大理温暖而懒散的阳光，慢慢开始和客栈的 80 后们互跷二郎腿互吹牛皮的时候，不得不说，总能莫名其妙又多了一种人生体验。

之前双廊给我们的印象就算再差十倍，这里的景色也能凭一己之力扭转，之后我们环过洱海好几次，见过不少令人流连忘返的景色，但像海地生活这般既拥有满目的湖景，又不乏细致修饰过的周边，却是独一无二。

说不艰苦那是自欺欺人，不过其中也有一些使平常绷紧了肩膀走路的人松弛下来的东西存在，比如仰坐在院子里对着久违的繁星哼南方二重唱的民谣，比如手机忘了充电却浑然不知。无论如何，你会发现原来那些熟悉的事物并非伴我们入睡的必需品，比如啤酒或者麻将，比如淘宝或者微博，比如越了狱的苹果产品。

我们在沙溪一共住了两天，虽然一直在不停地下雨，但身边的事物都安静得不可思议，仿佛一切与世间有关的喧嚣在走进这座古朴的小镇时就被冲得一干二净。我们踮着脚走路，生怕打扰了那些几乎和老槐树一样长满白发的时间。

有一天早上醒来，侧耳倾听时，忽然觉得好像听见远方的大鼓声。从很遥远的地方，从很遥远的时间，传来那大鼓的声音。非常微弱。而且在听着那声音之间，我开始想无论如何都要去做一次长长的旅行。这不就行了吗。听见远方的鼓声。现在想起来，我觉得那仿佛是驱使我去旅行的唯一真正的理由。

# 序：女士优先

先生嘱我写段序，大抵是想让我有参与感，比如早早要我起的书名。

这么想着，便放下生活琐事，双手努力敲击键盘。

于是想起儿时与妈妈的对话。

"以后生活安稳便是福"，妈妈看着我，若有所思地说。我当时年纪甚小带着不屑，"安安稳稳有什么意思，我要它跌宕起伏。"有种不自知的轻狂。

这些年的旅居生活中，我总是会想起这次对话，现在看来像是预言。

"我想出去。"8年前，近似梦呓地对他说出这句话。然而说出后却仿佛放下心中一块巨石，轻快无比，话语渐渐慎重心思渐渐明了。对，我想出去，离开这待了近十年的上海，离开一团糟的生活，离开按部就班，离开化妆品、职业套装、高跟鞋。好吧，我承认其实当时并没有旅居的概念，只是单纯地想要离开，像是脑子里有只蚁兽一直驱赶我"去，去找火柴"。

他想了一秒，"好，我们一起。"

我看着这认识了3个月的男子：穿着邋遢，头上顶着黑色小卷发，会温柔轻吻我的鼻尖和额头，仿似我内心渴求的兄长般的男子，内心温和。谁也没料到这趟出行成全了我们的爱情。

青岛，随手指出的中国地图上的地点成了我们的第一站，除了大海和啤酒，我对它一无所知。

我带着一套白色的T恤和短裤，还有一套虹吸式咖啡壶，就这么走了。那天早上一觉醒来已过了飞机起飞的时间，我们看着时钟面面相觑，笑这临别的一觉居然这样安稳这样沉。

当时并不知道这一走就再也没有回归到正常的城市生活。那一套衣服洗至灰白，以至于后来很长一段时间里，我都是套着他的大短袖生活在厨房、海边、菜市场。

就这样开始了流浪，开始了我们的生活，对，是生活而非旅游。从最初的信步所至直至后来挑选的每个城市，无疑都透露着率性。朋友推荐的、两人向往的或是争执未果的，不作讨论细想，只有任性的天南地北。诸如我们匆匆逃离冬天的桂林，接受北京朋友的邀请做一次长途跋涉，却又在28个月后南下到云南大理定居。坐在客栈的院子里我们回想，当时为何不是由桂林直至大理呢？这个圈绕得未免太大，但也只是想想而已，对这真实的路途并未多加评论。我们生活随性，两人都不是计较生活效益的人，只要我们在一起，即使简陋如这10平方米的小房间我们也自得其乐。幸福是什么？家是什么？有你便是幸福，你在便是家。

开着我们的车、带着我们的狗、载着我们的爱情和梦想，从上海出发，青岛，广州，束河，台湾，威海，桂林，北京，大理……你们将会在哪里停下？不，我们不知道终点在哪里，只知道梦想的地名越来越多，而时间越来越少，只知道携手的坚定却不问路途和终点。

也不是没有厌烦过，有一阵子打包整理成了噩梦，可是到了新的目的地，次日醒来巡视我们的新家，欢乐的苹果到处闻嗅顺便宣告：这是我的新地盘。快乐是真的快乐。

多年前看过一本小说，只见过一次面的男子邀她过一次没有时间没有目的地的生活，她不见得贪恋红尘却也犹豫良久。最终看清自己，说"我想明日过去"，电话里她的声音有种不自知的坚定，他声音沙哑平静地轻问"你是喜欢陆地还是湖上？"她想起北国大湖上他那座似浮萍的船坞有刹那失神，轻答"湖上"。儿时只觉浪漫，现时才知浪漫背后有着外人永不可知的担当。

每每碰见一个朋友，第一句话总是问为何能跟随一男子一世游荡？永远都在路上没有脚踏实地的时候？我总是语拙，实在是没有想过类似的问题，有什么为何呢？爱情是我全部的梦想，一旦拥有便可舍弃其他。如那人爱我之外恰好喜爱并懂得生活愿与我一生相伴，管他在哪呢？如无这些也无妨。

求仁得仁，是谓幸福。

也不是没有过争执，不食人间烟火的仙侣总不太现实。编排到油盐酱醋，矛盾总在横眉冷眼间。只是，即使拍案吼叫也还是爱人，爱极便是亲人，姻缘到了此处便是朵两生花。幸福是真的幸福。

最后让我放轻呼吸，仿似怕呼吸惊扰了这八年的晴光，让我细细地读我们的故事，仿佛重走一遍光阴的繁花似锦，摸摸上扬的嘴角，速度越来越快已来不及斟酌字句。到底是自己的故事，自己做主角，像演出一部剧。我不由回想起十多岁时的愿望"愿得一心人，白首永不离"。生活如此丰盛浓烈似我最爱的一句英文"Life is an illusion"。

这篇序写自半夜，序不像序，倒像是一封情书。

"不管以后在哪里，我们会回到哪里重启，我们是否还在一起，我都会感恩于你，给我这段完美的生活。"2005年新年我这样轻轻许诺与夫，如此便作为此书的开始吧。

麦子

# 束河——

## 左手到右手，隔着一座雪山

束河闲散的夏日午后时光

# Ⅰ 游牧夫妇的一天

**我**们终于离开了大研古镇，提着两个大旅行箱和装着各种日用品的塑料袋，哐哐当当地搬往束河。准确算这是入住大研后的第九天，在此之前我们从青岛搬至广州，然后回到上海再飞往昆明。不到半年的时间里连做梦都在拆包打包，以至于妻常常感叹，这哪是旅居，分明是在逃难。

说回来，离开大研客栈那一刻，我俩确实有着挥之不去的浑浊感，赶紧逃走吧，否则人生可能会左右为难。

虽说即使哼着伍佰《晚风》的调调散步，从大研到束河也就一个多小时的光景，不过单以居住而言，后者那种真真切切的归属感是大研无可比拟的，同时依旧保留着的不真实性，又使大研难以望其项背。

这话听起来有些矛盾，但事实如此。如果有机会你走过束河的老四方街，在仿佛以岁月为黏合剂搭起的青龙桥边坐下，靠着沁凉的石栏看那远方的玉龙雪山，你牢牢握在手心里的时间被桥下的溪流声轻轻带走，不经不觉换成一片通透的夜幕背景，你一定会赞同我的话。

也就是在同一时刻，华灯初上，我和妻从停在老四方街的小面包车上搬下行李箱，磕磕碰碰地走过青石桥，住进了束河古镇。

旅居在束河的那三个月，我们的作息仿佛工商银行外汇转账表一样刻板。不过这样的日子并不枯燥，相反这种"无须安排明天行程"的生活方式在这个古城有着非常独特的味道，而在其他城市恐怕就不行，就好像站在公司会议室和窝在家里的大沙发上听迈尔斯·戴维斯吹小号的区别。

每天上午十点，五月暖暖的阳光准时渗进我们的小屋。打开窗，除非下雨，否则能看到宛若水晶般剔透，且蓝得不可思议的天空，简直就像有人用了整个晚上勤勤恳恳地擦过一遍似的。

伸个懒腰，我们简单地梳洗一下，妻会花一点时间考虑穿哪条裙子，我则用疏河的水洗头。然后我们走出客栈，顺着仁里路走过青石桥来到老四方街。

当地的妇女在那里摆着五六个小吃摊，镇里的居民和游客们混坐在一起吃着炸土豆和凉粉。妇女们用炭黑的手切着生土豆，讲着没人听得懂的纳西普通话。

我们会买炸土豆饼吃，有时候也会干脆再往外走一阵，在新城的小饭馆吃米线面条。刚建好的外围新城荒凉得如同凯文·科斯特纳电影里的西部小镇。

青石桥的存在对束河来说有着不可替代的意义，它不单是数百年的历史和茶马古道的象征，还是连接着老城和新城的路标，隔离着两个时空的大门。每过正午，你会看见七八个男人蹲在桥上，如镜面般光滑的大青石映着他们毫无生气的脸。他们像是文艺复兴时的雕像般嵌入式地贴在桥臂两端，空洞的眼神仿佛已经把生命中所有的能量宣泄一空，拿着旱烟管时不时吐一口烟，阳光穿过烟雾洒落在他们身上，给人某种近乎透明的错觉。与此同时，被大研古镇和新城的商业气息所掩埋的纳西文化在瞬间释放并把你包裹，浓郁得让你不敢呼吸，陌生得令人不知所措。

"真正的束河在桥的彼端啊"，妻经常会这样感慨。我想也只有站在桥上才能感受得到：老四方街上妇女们摆弄的油烟和桥上男人们吞吐的旱烟像是用古老手法编织的网，任谁在穿过的同时都会把现实中的很多东西留下，放在远山的冰魄中冷藏。

大桥的下游，有一条不知名的小道，吃完早饭后我和妻会走那条路去菜

家里的写真

场买菜。说是菜场，其实也就是半个排球场大小的空地，摆着两排石板，当地的农妇会把早上采摘的青菜摆出来卖，品种甚少，但新鲜无比。另外这里有个屠夫，每天一大早杀一只猪，如果去得晚的话（比如我们），很难再买到好吃的部位。

买了做晚餐的菜，我们会沿着附近的小巷走一圈。妻在一个佝偻着背的纳西老奶奶那里买一包海棠果干，有时也会去旁边的布料店看看。一个留着过腰长发的中年女人经常会带着一只短毛小狗经过，她穿着一件很有韵味的深紫色丝质小袍，看起来像是搬来束河很久的隐居画家或过气演员。

那一年，束河远远没有如今这般喧哗，正午时分的古城小巷仿佛没有发条的钟。

　　我们回到仁里路，走进一家名叫"在路上"的微型酒吧，老板和老板娘显然没有起床，小小的木桌上残留着昨晚客人的酒杯酒瓶。

　　酒吧是一小间当地的老式房屋，漂亮的木头屋檐下挂着几串手工制作的

寻访了一家自制手工扎染作坊

风铃，一只装满啤酒的竹篓浸在门口的溪水中，竹篓的另一头由一根拇指粗的草绳系在酒吧的木栏上。我从竹篓里取出两瓶沁凉的啤酒，妻会替他们稍微收拾下桌面，然后我们坐在门口的凳子上一边慢慢喝着啤酒，一边聊最近

读的书或看的电视剧。仁里路的对面是一大片菜园，绿油油的，清新无比。

就这样不知不觉到了中午，回到客栈我开始做当天的工作，没活的话就坐在院子里玩电脑游戏，妻整理完买的菜后会睡个午觉。

说说我们住的客栈吧，它叫"布农小院"，过了青石桥往右拐，再过了当地第一家纳西饭馆"田汉阁"后拐角处就是。那时候束河的客栈并不多，我们几乎问遍每一家后才定下来的。布农小院分前院和后院，前院有精致的石子路和种满鲜花的露天餐厅，后院则是一个干干净净的小方院子，有几个标间和几间员工宿舍。

妻看中的是后院的二楼小屋，十几平方米，正中间隔一堵薄墙，有古朴的木质窗户，除了一个写字台及两张床垫没有其他家具。

负责看管客栈的管理大叔起初并不愿意把那间小屋租给我们，说是员工住的，现在虽然空着但生意好起来后就会请更多的员工，而且老板肯定不同意（事实上老板回来后就要求我们搬走，那时管理大叔无奈地双手一摊，意思是你看，早说过不行吧）。

不过我们好歹还是在那里住了第一个月，而我们对束河所有的印象全部都是从那间小小的二楼小屋开始的。我们甚至花了五百元买了厚厚的地毯，用油纸装饰了灯，墙上挂满了扎染花布。妻用了不少心思布置这个简朴的家，还在院子里种向日葵，里里外外打扫得一尘不染。

每天下午六点，阳光不再那么猛烈，妻开始做晚饭。我向厨房借了小煤球炉，用扇子扇旺，记得刚开始的几顿我们用它煮肉都煮不烂，直到厨房主厨提醒这里是高原后我才不再错怪这里的煤球。

吃完晚饭，八点过后天才会黑，和妻往九鼎龙潭的方向散步，时不时听到路边客栈的客人围着篝火唱歌，折返回来后到"在路上"酒吧坐坐，跟无所事事的情侣老板斗地主喝啤酒。

这对情侣，说来还是我们在布农小院认识的，两人来束河玩，住在我们对面的普间。女孩二十出头，稍显丰满，但脾气很好，爱笑，男的刚过三十，据说曾经离过婚，两人不知道怎么认识的，总之好上之后就来丽江旅行了。

结果没几天，两人宣布租了一个老院子打算开酒吧（完全就跟青少年一样冲动不计后果嘛），也就是我们常去玩的"在路上"。女孩说这是用来考验他们爱情的最佳地点、最好方式，男人在一旁不声不响地抽着烟（半年后从女孩那得知酒吧关门了，两人各奔东西，大概是谁没通过考验吧）。

其实若问我个人意见的话，束河这地方，有些人风尘仆仆跑来，躲在客栈看书睡觉一星期，然后回到自己的城市；有些人千里迢迢赶来，白天对着太阳流泪晚上用一打一打的啤酒补充水分。谈情说爱或者走神发呆怎么都行，唯独不适合任何跟压力、考验有关的事情。

这就好像你可以对着地铁车窗的玻璃系领带，但不适合试婚纱，又好像在法庭候审时你可以对人家说你在复习英语但不见得能说你在读爆破物理学是一个道理。氛围，虽然无形，却实实在在地构建了这世界的每一个角落。

从小酒吧出来往回走，深不见底的夜空满天的繁星。有月亮的话，我们会在青石桥上停留一会儿，悬挂在半空的玉龙雪山泛着炫目的光，自山顶泻落宛如瀑布般的银色。妻双手剪在身后，微风轻拂裙摆。她仰着头对着雪

束河一角

束河古镇

山，每一块青石都有她的倒影。周围有种不太真切的安静，声音在某个时空被卷入地底最深处。

　　那一瞬间我总有种奇怪的感觉，似乎我能够随时把桥、雪山、银月和妻的背影一起裱在一个大画框中，挂在全世界只有我能找到的墙壁上永恒收藏。

# I    闭上眼，轻轻呼吸

假设你打算找个旅行团去丽江旅游，在各式各样堪比地产公司宣传单似的丽江旅行套餐介绍中，必定会看到两个词：艳遇，发呆。

某种层面上，大家已经心照不宣地默认了这种对丽江的定义，打开谷歌，输入丽江，搜索结果十之八九会包含类似的字句：

"一杯咖啡，一本安妮宝贝的书，在古镇发呆一下午；酒吧里那位穿着印花裙的女孩主动找我喝啤酒。"

"泡一杯普洱，在炫目的阳光下懒洋洋地发呆，是一种怎样的奢侈。"

"雪山下我们四目相望，我甚至不知道她的姓名；茶后点一根梵香，她甩着长发转身对我说，你值得拥有。"

总之，光冲着这两个词，急急忙忙请完年假，背着淘宝新购的"北脸"背包，一路朝圣般闯入丽江的家伙比比皆是。十天半月，再依依不舍或者满怀惆怅地回归现实。用不了多久，谷歌关于丽江发呆和艳遇的搜索结果赫然翻了一倍。于是更多的人憧憬，更多人去，更多人艳遇，更多人发呆。

如果你为了了解茶马古道的文化，或者被云南的山水风景吸引，带着长焦广角三脚架或者密密麻麻的景点介绍、行程安排，那我很难提供有用的信息，你更应该在维基百科或百度问答找资料。在束河的那几个月，印象中除了为躲避劳动节长假人潮而去虎跳峡徒步，就再也没去束河五公里以外的地方。之后有一年，从云南旅行团归来后的伯母和我们闲聊，我和妻却一问三不知，伯母长长一声叹息，大致意思就是你们俩的人生还真是伤脑筋啊。

不过如果你想把西装或者筒裙放进衣柜，公文包笔记本塞到办公桌底下，拔掉手机电池，把MSN状态调成暂离，甩掉皮鞋或者高跟鞋，然后逛一

开扇窗，砸下一支扣窗的竹竿

圈书店，穿上牛仔裤来丽江发呆的话，那么这篇旅行笔记还是会有不少适合你的东西的。

不然你以为我和妻在束河那几个月一天到晚都在干吗？

由于游客远远少于大研的缘故，所以束河依旧保留着不少古镇的原貌。不过这仅仅是指旧城，相比之下，新城更像是卖场超市里的扶梯，可有可无的存在着。

对于长时间浸泡在城市喧哗里的游客来说，这里的环境既不吵闹，也不单调，用来发呆恰到好处。如果要安排一条相关路线，我会建议在青石桥上先看会玉龙雪山，顺便倚着石栏回忆下初恋或是考虑怎么申请房贷。别担心身后的纳西男人们，他们绝不会因为你挡了视线而投诉物业的。

石桥底下就是疏河，上游的河岸周围有不少隐匿的客栈，多数兼营着咖啡馆或酒吧，风格迥异。有时间的话每家都可以体验一下，每个人的个性不同，所以适合发呆的地方也各不同，千万别被网络介绍给误导了，让别人"呆"别人的，你"呆"你自己的。

下游的溪边则是一片空旷地，上面只有一家大型客栈，门口竖着好几根木柱，顶上挂一破旗，龙飞凤舞地写着四个大字：龙门大寨。

我们2005年住在束河的时候，这家客栈的主人养了条圣伯纳，你要养过狗的话可能知道，那体形简直就是狗里面的航空母舰。特地提起这条狗是因为它巨大，但性格温和，所以主人从不拴。以至于它最大的爱好就是跑到别人家或店铺（我们的客栈大院/在路上酒吧）里，长长地撒一泡尿，然后坐下来发呆。

即使你清楚地知道它不咬人，不过一百五六十斤的狗再怎么说也不容易对付。

走过青石桥，往右拐一直到底，穿过所有的客栈和茶馆，再经过一片小菜园，你侧耳倾听，会有涓涓的流水声。往前看，是一个水潭，不大，但清澈，美丽得如同一块水晶。水里盘扎着老树根和一群群黑鱼，当地人不准捕杀九鼎龙潭的鱼，说那是神鱼。

之前也有写到过，我和妻饭后经常会来这里散步。水潭的一侧山岩上，有一个小庙，几缕烟火，我们俩便在通往小庙的石阶上坐下，或者靠着庙边老树，我把MP3拿出来放Sting的歌，耳机一人一个，闭上眼，轻轻呼吸。

我想对于很多城里来的游客来说，平常再多的物质也无法填满你一小时的欲望，而此刻，一张唱片，一首宋词，一杯咖啡配一小段回忆佐味，便是一整天。

如果从青石桥往左拐，沿着仁里路走到石莲巷，接下来则是一条无名的山路，由此可上束河的后山——聚宝山。

山不高，也不漂亮，但安静祥和。不出十五分钟你会看到一片树林，继续往前的话，翻过山肩出束河界，终点是香格里拉大道。

树林的左边有一条蜿蜒小道，要不了几步，有一个大草坪，从那里可以俯视整个小镇。草坪约两三百平米,干净整洁。爬山的时候我和妻会在那里驻足,停留一会听听小镇独有的声音,偶尔也能遇到当地的年轻男女在那里约会。

傍晚,用过晚饭后,可以提着手电筒来这里作一次小小的探险。天气晴朗的话,能看到无数繁星,镶嵌在几乎一抬手就能摸得到的夜空。朝南面的尽头处望去,唯一泛着灯光的地方就是大研古镇,此时那里正是夜生活的开始。灯光,打击乐器,口红,饮料和烟混杂成一种特殊的染料,日复一日地涂抹在大研的砖瓦石阶上。相比之下,几里外的束河古镇仿佛是同一维度上的另一个空间。

如果是和心仪的女伴一同来束河旅行,或者正在客栈的酒吧与哪位女孩子聊得投机,你不妨眨眨眼故作神秘地提及这个地方,带她看丽江,看星星,成功率近乎百分之百。

对了,我有没有提过这块草坪真的太适合拥抱和接吻了?

# 留一个午后，送给白沙

十点起来，吃一碗米线，沿着仁里路一直向北走，过了九鼎龙潭后
石路变成了铁花巷泥路，之后便是束河的北门。

我们想去白沙走走，它是隶属丽江的第三个大镇，据说是纳西族人进入
丽江盆地后的第一个定居地，也是纳西文化的发源地。

单从旅行的角度出发，大研古镇的商业气息最浓，白沙古镇最传统，几
乎没有被外来文化影响。束河古镇则居两者之间，对于旅者来说算是既舒适
又新奇，不过当地人也许并不这么认为。

更形象些可以把白沙比作蒋大为唱的《桃花盛开的地方》，束河相当于
游鸿明的《下沙》，而大研就是如今的手机神曲《爱情买卖》。

写到这里忍不住哼起那句歌词，稍微改编下就成为：文化不是你想买，
想买就能买。

是谁说存在即合理的？

从束河去白沙古镇的方式有三种：坐车，骑自行车或步行。如果条件允
许的话，其实我的意思是除非万不得已的话，步行，是享受白沙之行最好的
也是唯一的途径。

束河的北门至白沙古镇之间只有一条小道，差不多一辆丰田车的宽度，
全长大约四五公里，用散步的速度单程不超过两小时。依我看来，要想真切
感受纳西文化，要想实实在在触碰丽江，你必须用这点时间去融入、适应，
少十分钟都不行。

当然如果你说只是去拍两张照片放微博上吸引粉丝，那我也无话可说。

其实就算抛开那些抽象的东西，光是路上层层叠叠铺排开去的麦田，就

足够吸引人了。离开束河没多久，我们便身处在一个巨大的山谷里，左右两边尽头是连绵起伏淡淡的山峦，中间是由麦穗组成的海。我和妻静静地走在路上，最近的麦子伸手可及。

虽然旅居生活中看到整片漂亮麦田的机会很多，可是我却不曾看过像束河至白沙这一路如此充满美感的麦田。如果只是整齐、碧绿而美丽，那并不罕见，然而此处的麦田却和那种美截然不同。该怎么说呢，那是在原有的景色中添加了另一个维度，由群山一起支撑着，并把炫动的色彩映到遥远的几乎像是在银河以外的蓝天上去。也许你会认为那是高原，或许客观上的确如此，只不过当春末的凉风肆意地从中掀起一阵阵波纹，随之而来的那股轻微却久久不散的香填满了你每一处的嗅觉，那些被遗忘抑或从不曾记住的过往悄然升起。这里有一种厚重的力量把应该随着岁月消逝的流光硬生生地封存起来，如同祭奠仪式般地将你对美好及满足的定义打得粉碎，取而代之的是恒久存在的纯律。

由无声的景色和清香弹奏的纯律，这一路上的麦田便是美丽如斯。

牵着妻的手，我们沿着小道停停走走，离束河越来越远。酒吧、午后咖啡、旅人之间的高谈阔论、徒步探险、爱情买卖以及很多东西都变得模糊，我们甚至开始怀疑其存在的必要性。映入眼帘的，是一座座牛粪和山石砌成的老房子，零零散散地分布在道路两旁。然后，随着房屋密度的逐渐增加，到处挂满了扎染的布匹。三五成群地聚在门口或院子里抽烟聊天的男人们，未经修缮的古老民居，时不时传来的一阵阵古乐，一座仿佛从某个朝代穿越而来的古镇出现在眼前。

白沙到了。

细看白沙，并不是一个与世隔绝的村镇，骑车来的游客多少总能见到几个，还有为了寻求安静从大研或束河搬来居住的外乡人。然而这些强势群体在这里只能算是点缀，相反只有在这里你才能触摸到真正属于纳西族的根基。

在各种旅行攻略的书本上，恐怕很难勾勒出这古镇的独特之处，老实说对于旅行团，这里充其量就是下车十分钟拍照购买纪念品的景点。扎染的工

风起

艺，木氏土司兴建的佛寺道观，反映各宗教的白沙壁画和元代流传至今的白沙细乐，每一样都不像是能让普通游客流连忘返的样子。

一开始我也提不起劲，相比之下我更愿意留在那片麦海里，唯独妻对白沙的一切都表现出浓厚的兴趣。她迷恋的并不是其中的某样特色，照妻的意思就是这里有着一种氛围，在大研没有，在束河没有，但是在白沙却浓烈得不得了。如果可以，她甚至愿意再从束河搬到白沙住。

妻的话不一定都对（但愿她没看到这一句），但她对事物的感觉却超乎寻常地敏锐。我们信步在小镇上绕圈走着，渐渐地我也能体会到那种氛围，与我们之前在任何地方旅居的感受都不同，之后的数年也再未遇到过。这么形容吧，如果之前的麦海能使人体会到最原始、最恒久、最纯的美，那么白沙古镇就是在这个特定空间中摆放在最恰当位置的沙发，让人一旦坐下，就

爱美的束河人在自家窗下种上花卉

会慢慢深陷进去，再也不愿意起来。

时间越久，这种氛围对我们的影响越来越强烈，以至于我们开始煞有介事地找起出租房。现在回想起来，幸亏当时没人愿意租给我们，否则有很大的几率我们会不再旅居，而长住白沙。

正午出发，直至黄昏我们才依依不舍地走回束河，回来的路上夕阳在麦田里撒上一层薄薄的金粉，那景色包含着只在理论上隐匿于我们基因中的完美世界，包含着富饶、极致和精华，包含着足以打破人类所有概念性限制的骇人深度。

快接近束河的时候，偶遇一对中年夫妇，估计是忙完一整天农活后回家。有趣的是瘦小的妇人气喘吁吁地拉着一辆木板车，上面高高堆着估计是给马吃的青草，而精壮的男人则坐在草堆的顶部，盘着腿，悠然自得地吸着大烟。

虽然知道纳西族文化里，体力活家务活各种活都由女人承担，但亲眼看到这一幕还是有些惊讶，尤其是两人都一副理所当然的样子。

如果要我谈谈个人感想的话，我认为世界上有着这么一种男人享受女人干活的传统似乎也不错，当然若是哪里有着男人干活女人只负责打麻将和聊QQ的文化，我也没什么好生气的就是了。

# 台湾——

## 遗忘的时间

"这是我这辈子吃过的最好吃的冰淇淋，我发誓"，虽然妻时常被时间地点环境打扰味觉，可是这一次我也同意

## 1　饮食男女

**在**台北的日子，我们住在信义区，离市政府捷运站仅百米之遥，当时的联合报办公楼就在我们的公寓后面，以地理位置来说类似于北京的三里屯或者上海的淮海路。

说是这么说，从住所出门后并不会感受到任何国际化的味道，四通八达的小巷堆砌着各种小吃店，彼此紧挨着镶嵌在一栋栋老旧大楼的底层，全家和Seven-Eleven便利店则以路标的身份林立在每一个街角。

其实沿着忠孝东路走十几分钟就是新光三越，往南就是101大厦，可是台北给我们更深的印象还是存在于这些住宅小巷之中。傍晚两人穿着拖鞋闲逛，选一家饭馆呼哧呼哧地吃一碗热腾腾的卤肉饭，站在路边摊等老板炸香喷喷的鸡排，或者讨论空气中哪个方向的臭豆腐味道更香：这些渐渐成为我们在台北时最享受的时刻。

靠近松山国中的侧门，有一块约四张乒乓桌大小的空地，被两座不怎么气派的商住大楼夹在中间。一个六十多岁、皮肤黑黝黝的大伯在那里摆了牛肉面摊。因为走过去才五分钟，所以我们经常会在他那吃午饭。劲道的面条配上香辣的汤汁，老伯用大号的汤勺从一个十几升的大锅里盛一勺，近十块又大又嫩的牛腩，简直就是一座小山。

台北牛肉面名气原本就大，几乎每条街上都有那么一两家，价格60至

80台币，几块切得厚厚的肥美牛肉，放几勺酸菜和一个卤蛋，顺便点一盘豆干，蘸点辣椒，香气四溢。不过像老伯这样的牛肉面摊还真不多见，不放酸菜没有卤蛋，事实上他就两个锅子，一个是事先烧好的牛肉，一个用来煮面，可是每一块牛肉都好吃得不可思议，肥瘦相间，回味无穷，虽然很多但配着汤面还真能全部顺利地送到胃里，纯粹是以质量分量取胜。

这里的牛肉面要价100台币，合人民币约20元，但跟上海18元一碗的永和大王牛肉面相比，单以牛肉的分量对比的话，大概就是吴宗宪和罗家英各自剩余的头发总数的区别；质量的话，我想用牛肉面和康师傅牛肉泡面来类比也并不算太过分（尽管在上海时我也挺喜欢永和大王的餐饮）。

由于我俩十点后才起床，梳洗完出门基本十一点过后了，因此常把老伯的面当做早午餐。面摊十一点开张，卖完收摊，下午两点经过那里已经空空如也。你看就几张塑料折叠桌椅，两个锅子，最简陋偏僻的地方价格却很贵，真材实料又色香味俱全，两三小时就能卖完，收入至少四五千，这得让大陆多少偷工减料的餐馆老板羡慕嫉妒恨啊。

除了住所附近的小店和路边摊，每周固定有两天我们也会去饶河夜市。从基隆路往东北方向走到八德路，约20分钟的路程，由于下午一般我都对着电脑埋头工作，于是这一段路刚好和妻聊聊一天中发生的琐事，吃饱回来的时候也能悠闲地散步以消化满肚子的美食。

台北的夜市不少，不过去多了之后会发现雷同的甚多，唯独每个夜市必定会有一两种特色小吃，给人感觉整个夜市就是由它们撑起场面，然后各路摊贩像瓜藤般地附着朝四周延伸。初次去夜市的人完全不必担心，一般这类重量级的中流砥柱摊位不是在入口，就是正中央。

饶河夜市的招牌是药炖排骨和胡椒饼，其名气甚至盖过了夜市本身。

"喂喂喂，我在饶河夜市！"

"在吃胡椒饼哦？"

"不是啦，我在买牙刷……"

如果你用以上那句话作答，估计电话另一头的人能有半天接不上话来。

小米酒，山猪皮，烤斑鸠，每　　夜市的卤煮臭豆腐，不知这卤
次去都是必点的　　　　　　　　　已煮了多少年

妻眼巴巴地盯着又卖光了的一炉，口水直咽

来饶河夜市,不吃胡椒饼你来干啥?

这家胡椒饼摊,在夜市妈祖庙的入口处。约巴掌大的胡椒饼,现做现烘烤,拿到手上还不觉得怎样,咬上一口,里面的热气一声不吭地迎面扑来,夹杂着牛肉汁与胡椒的香味,不知情的人若继续凑近闻一下,实在有够受的。

同样是香味,闻起来一个味道,吃起来又一个味道,滚烫的牛肉,面粉浓烈的烤香味,胡椒配得感觉上有点过分,但又觉得不过分,嘴里的余味立刻就会逃走,总之三种味道原汁原味,像一口气看了半个小时炫目的烟花一样,心情无比满足。

有一次因为不想排队,买了隔壁另一家的胡椒饼,相比之下个头大了不少,馅也饱满,大概不想被那家胡椒饼抢了所有风头,老板希望从外形视觉上吸引到一部分客人。

但就是感觉不对。也有胡椒味,也多汁,想必缺少的就是面粉、调料与牛肉之间的默契,称作胡椒味牛肉饼更恰当些,称作胡椒饼就稍显名不副实。

和妻逛饶河夜市,我们会在原住民大伯开的野味摊吃烤斑鸠,喝一瓶风味纯正的小米酒,趁着微醺去排队买一个胡椒饼。

我们会坐在妈祖庙的门口,身边是络绎不绝的香客进进出出,我小心地咬一小口薄脆的边,感觉里面的肉汁还在翻滚,妻双手捧着用力吹,稍微凉一点后再咬第二口。也有和我们一样拿着胡椒饼坐在一旁吃的食客,大多数时候也就彼此点点头,会心一笑,烫得发麻的舌头此时是无论如何也说不出什么客套话来了。

吃,在台北,是相当深奥的学问,这种文化的张力和吸引力几乎像老槐树根一样牢牢附进了这里的土壤,品种和样式之复杂绝对不是看了《米其林指南》之类就可以一目了然的。午餐、夜市,其实即使过了午夜,甚至临近黎明,它依旧以其变幻莫测的身段曼舞在各个舞台。

比如复兴南路上的清粥小菜,在口味地道这方面,就绝不比泡沫红茶、西门町民歌餐厅或者费玉清的笑话这些响当当的名头来得差。

粥店营业的时间一般是从下午一直到隔天天亮，一听就知道那是专供夜猫子盘踞的地方。凌晨时来这里喝粥的大多是KTV唱完歌的三五好友，十八号房跳舞跳累的浓妆美眉，林森北路夜总会喝得醉醺醺的大叔，还有赶工赶到天昏地暗的加班族，总之有点"再不清爽地吃点东西洗洗嘴巴就会变成曾国城"的调调。

粥是这里统一的主食，找到座位后，服务生会直接端上一桶粥，这个不用点，是送的，吃饱为止。

然后去主厅（基本上在每个粥店的正中央），那是很大的一个台子，上面摆满了各式各样的下粥小菜，从咸蛋、榨菜、炸虾、豆干、花生到蟹脚、生鱼片、鹿肉，应有尽有。

菜都很小份地摆在小碟子上，精致得像Tiffany的展览品。选好想要的小菜，拿给服务生，回到座位开始呼噜呼噜地喝粥。

还是粥最好喝。

说不上为什么，小菜看起来再怎么鲜美，最好喝的还是这一锅免费的白粥（绝不是因为不限量我才这么说）。一种无法言语的满足感，每次去我们都是停不下来地一碗接着一碗，配一口鱼干或卤味，米饭的香味几乎包裹了所有的味蕾。

其实粥本身虽好，但若让妻在家里认认真真地熬上一锅，也不见得比不上——这就是所谓"不能仅仅用舌头去体验台湾美食"的关键所在了，就像在冈山吃的羊肉炉，去阳明山上闻飘浮的茶香，吹完莺歌的陶笛叫上一碗米苔目，是那种"所有零件都必须在场一起工作"才能心领神会的滋味。

黑漆漆的天空，安静休息的都市，不想睡觉或睡不着觉的食客，热腾腾的米汤和台北女孩般多彩多姿的小菜（这个比喻妻肯定会反对），这样的地方与其称作消夜，不如直接纳入某种层次的Life Style更来得恰当。

A Taipei Style。

八年来我们旅居过不少城市，其间不乏种种令人怀念的美味佳肴，和让我们印象深刻的饭馆。可是只有台北，能让妻每次忆起时不停地抱怨：这个这个为什么不让我多吃几次，那个那儿为什么不早点发现。也只有台北，是我们多年旅居生活中唯一一个从未在家里烹饪过一餐的城市。

在台北的日子里，我和妻曾不止一次地感慨：恐怕就算哪天外星人攻打地球，或者索马里海盗征服全世界，大抵只要这些小饭馆和小吃摊还在，台北人就能继续有信心地活下去，便是这样依赖的样子。

# Ⅰ 台客眼中的台北 （上）

**我**们住在公寓的七楼，事实上公寓一共只有六楼，坐电梯到顶层，还要往上爬一层才行。据说几年前这里只是屋顶平台，六楼的房东违法搭建了两房一厅，还把空置的天台布置成了一个漂亮的小花园。

因此我们的房租相对便宜得多，每月两万五台币，这价格在这个地区一般来讲最多也就只能租到一个小间。

从六楼电梯出来，经常会遇见那里的住客，他们三个男人合租，常和我们聊天的叫老吴，三十八岁，矮矮胖胖，在附近的一家仓库当搬运工。

老吴是个地道的台湾人，南投乡下出生，有一个弟弟，自小由母亲带大，从来没见过父亲。据他说弟弟十八岁的时候就离家出走，至今音讯全无，走的时候还狠狠地撂下一句话：我讨厌你们俩，讨厌这里。

九一二地震后，为了赚母亲的医药费和房租，他只身来台北打拼，换过很多工作，服务员、销售员甚至夜市里提着喇叭嘶喊的拍卖员都干过。他最喜欢别人叫他台客，他会用随身带的梳子梳几下抹了不知什么油的头发，然后嘿嘿嘿笑几声回应。

"台客，就是那种随时随地可以坐下来一边挖脚一边用同一只手吃花生的人，挖完还会放到鼻子前面闻闻。若两个台客在一起，就此握个手，再一起坐下来挖脚吃花生闻味道也很常见。他们讲话一定很大声，旁若无人，不过他们挖脚的时候绝不会跟一个不是台客的人握手吃花生，这一点很重要。"

"这一点很重要。"老吴解释台客的时候这句话会重复两遍。

老吴上的是中班——下午三点至凌晨一点，所以平常基本见不到室友，倒是和我的工作时间相近。他发现这一点后就开始隔三差五地下了班带着酒

满屋子的书、CD，每天我们都窝在大沙发里看书写字

上楼来找我，我们坐在天台的小花园中喝，配花生或薯片（但绝不搓脚丫）。妻偶尔会陪我们瞎聊一会，不过她大多数的时间会独自在书房上网看书。

"以前做销售经理的时候呐，我是喝'约翰走路'（Johnny Walker 威士忌的台湾译法）的嘿。后来经济不好改行了，就只能喝便宜一半的'好酒不见'威士忌，张学友代言的哦。也许卖的太好让刘德华眼红，他也代言了一款叫做'我又赢了'的威士忌。于是没过多久，AndyLau他就又赢了，Jacky Cheung便好久不见了。"

多数时候和老吴聊的就是这些不着边际的事情，他常买的酒已经改成更便宜的八八坑道高粱，我想是经济又不好了吧。

九月的时候妻有事回家三周，老吴便把小花园当做了他的私人酒吧。

有一天老吴边梳头发边用他招牌式的笑声嘿嘿嘿地道："你们大陆人在台湾要是没有人带，住一百年也不知道什么是真正的台湾。下周我休假，好好地带你当一天台客。"

"好啊，但为什么不等我太太回来？"

"没办法带。"老吴耸耸肩："嘿嘿嘿……"

周四下午三点，老吴穿着背后破了两个小洞的白色汗衫，洗得发白的蓝短裤，戴着一副印有"台湾魂"字样的墨镜，穿着人字拖鞋推着一辆旧机车在公寓楼下等我。

"吃过台湾的特产槟榔没有？"

我摇摇头。

"上车，我带你去吃。"说完老吴递给我一顶天蓝色的安全帽。

我很想问他有没有其他颜色可以选，不过看看他自己戴的粉红色安全帽，还是硬生生地把话吞了回去。

听老吴说，在台湾比萧蔷整容次数还多的东西就只有槟榔摊了，每条街少说也有两个以上，只要看到门口插着五彩霓虹灯的九成九都是。

果不其然，沿着基隆路开车不到三分钟就有一家。

在此请允许我先描述一下台湾的槟榔：十几粒大约橄榄大小的果实，用小刀剖开后挖出苦涩的籽，放入红灰或白灰，用纸盒包好，按照新鲜程度分不同的价钱，五十、一百台币不等，基本上越新鲜越贵，幼果（又称青仔）比老熟的果子贵。和香烟一样，这东西提神，吃多了会上瘾。

其实我对槟榔的味道彻底不敢恭维，呛鼻，青涩，还有石灰的苦味，但是在台湾吃槟榔是一种传统，你很难说得上到底是抽烟的人多还是吃槟榔的人多。在街上经常可以看到行人、司机或乘客突然把一口暗红的汁液光明正大地吐在马路上，老吴说那是吃槟榔后留下的汁水，不能吞。

我猜不明真相的外国人若没人跟他解释，没准回国后大肆宣扬："台湾了不得，满大街的人竞相吐血，吐完后还能大摇大摆地扬长而去。这个民族体质也许不怎么样，但真的彪悍无比，要是跟他们打起仗来，搞不好打断的胳膊直接拿来当午餐嚼，惹不得。"

于是台湾到处可以看到地面上红色的污迹，据说政府也想出面管制，可面对的群众实在过于庞大，最后只能睁一只眼闭一只眼。若真惹毛了所有槟榔爱好者，恐怕不要胳膊要槟榔的人还真会有。

如你所知，我几乎是把眉毛眼睛鼻子绞成"淼"字形才忍住没有把槟榔喷到老吴脸上，而且当我吐干净槟榔汁再用统一矿泉水漱口半个小时后，全身还是软绵绵的像喝醉似的难受，台客的第一堂课就直接给了我个下马威。

我们在便利店买矿泉水的时候，老吴买了包最便宜的长寿牌香烟。他的烟瘾很大，不到四个小时，晚餐时分就理所当然地被老吴抽完。

顺便提一下，我们的晚餐是在一家毫不起眼的简陋小店里解决的，老板只卖一种小吃：二十五台币一份的猪肠冬粉。老实说当时看着老吴一口烟一口啤酒一口雪白滑腻的猪大肠，偶尔还掏出梳子梳头发，我由衷地有一种台客们真的很了不起的感慨。

# 台客眼中的台北　　　　　　　　（下）

**吃**完猪肠冬粉，坐着老吴那辆每次在红灯前都会剧烈"咳嗽"的机车，我们沿着罗斯福路一路驶往景美。"接下来我们喝酒去。"老吴说。

抵达目的地的时候，天色已经全黑，一排排路灯纷纷亮起，捷运站口吞吐着下班的人群，逐渐开始热闹的街头喧闹声此起彼伏。这让我想到蔡明亮的电影《爱情万岁》，杨贵媚踩着高跟鞋蹒跚地独自走在夜晚台北街头，不知为何两者间莫名的相似。

穿过几条小巷，我们走进一间四层楼的小屋，门口右侧是个小菜市场，墙角下围着一条废弃的排水沟，长满了张牙舞爪的野草。

开门的是一位四十出头的妇人，化着淡淡的妆，眼角有细小的皱纹，长发，风韵犹存。

我们脱了鞋，走过玄关，便听到有人正在哈哈大笑，声音沙哑，但底气十足。进入客厅，是一个非常宽敞的空间，一个留着披肩长发、五十岁上下的男人坐在中央的一张大藤椅，戴着细边眼睛，侧面像极了主持"香港小姐竞选"时的郑丹瑞。

由于客厅的后方是个开放式的大厨房，所以可以清楚地看到有一对从穿着到发型乃至长相都完全一样的双胞胎姐妹，姐姐（姑且这么判断）切着菜，妹妹用平底锅煎着海鲜之类的食物。

为我们开门的妇人坐在中年男人的对面，在她的身边还有几个年龄从三十至四十不等的女人，分别坐在沙发或者凉席上，呈半圆形的围着那张大藤椅。

好吧，你没有看错，整间屋子八个女性，以一种从心理几何角度上看近乎完美的姿态把那个男人围在中心。

老吴给我介绍："这是史老师，是我认识二十多年的大哥，这些是他的学生。"

我向大家道好，史老师挥手朝我点点头，其他女性也很热情地招呼我们坐下，之前开门的妇人为我们倒了两小杯金门高粱，看得出她在学生里充当着迎宾的角色。

暂且撇去台湾人固有的礼貌和亲切，我大致感觉出来这里应该不太欢迎陌生的客人，也许我是女性的话又该另当别论。

这时老吴把我介绍给大家："这是我的邻居，和太太一起从美国搬来的嗨，不过对台湾可算是一窍不通，整天就知道窝在家里干活，所以带他来跟大家一起喝酒。"

他让我和大家一起喝了一杯，又替我斟满，还去厨房从双胞胎姐妹那里拿了一小碗海鲜冬荫汤，虽然气氛还是有点生硬，但渐渐地大家也就开始熟悉起来，敬酒时拉着我一起干杯，一副既然是老吴带来的那也就没办法只好接受的样子。

酒过三巡，从大家的聊天中得知，史老师是一个类似心灵导师之类的人物，不对，我想我应该写成心灵导师之类的职业。据说他的学生有上千个，他写书，到处讲课，还带着学生们到各地修行，不过照他自己的话就是："那些都是瞎混胡来的，我的心灵还等着用酒净化呢，别人的我哪有能耐引导，装腔作势啦，都是屁啦。"

老实说当时我还真有点担心他那8个学生的反应，倒是老吴貌似习以为常地眯着眼睛嘿嘿嘿地灌着陈年高粱，再看那些女学生，有的应声附和，有的抿嘴轻笑，哪有半点不满的样子。

我不知道史老师算不算老吴口中的台客，其实这并不重要，单单以心灵导师的层面来讲，这个屋子奇异的组合、奇特的言论及奇怪的氛围就足够让性格容易摇摆的人彻头彻尾地改变人生观了。

老吴，喝得满面通红

　　倒不是我在自夸心灵纯净坚强。

　　我们聊到午夜十二点，双胞胎姐妹为我们不停地端上新出炉的各种东南亚的美食，十年陈的金门高粱一瓶接着一瓶，从这一方面来讲这样的私人聚会还真是叫人流连忘返。

　　席间史老师听说我们曾住在束河，摇摇晃晃地坐到我边上搭着我的肩膀说："我也带过一批学生去丽江修行过哦。"

　　"喏，"他用手围成一个圈："几个人合抱的大树，我让大家手拉着手在树底下静坐两小时，居然真有学生回来后告诉我她看开了很多事。"

　　"但是说起云南，不是我挑剔，还真的很糟糕。去虎跳峡，我们包车去，司机硬逼着我们买当地的土特产，一块袜子大小的牛肉干要一千多块新台币。"

　　"然后路上还有个什么张老师家，随随便便架个路障就开始收过路费，在台湾这样的景区当地人只会亲切地请你喝爱玉。"

"还有去一座什么神山雪山，风景确实漂亮得没话说，可是好不容易找到个落脚点跟学生拍张照，却发现背景有堵墙挡着，去墙的另一头，又要收费。你在丽江住过，你说说看气不气人。"

说完史老师又摇摇晃晃地坐回他的那张大藤椅，对我和他的女学生说："明天我让我那个原住民学生去阿里山路口做个售票厅，卖门票的钱就送个台湾人去大陆翻墙。"

大家一起哄然大笑，我也只有跟着笑几下，不然你想要我怎样？

离开史老师家的时候已经凌晨一点，老吴和我都喝了不少，居然完全没有顾虑地让我上车，我知道这肯定违法，只不过两个加起来七十岁的老男人戴着天蓝色粉红色安全帽骑机车本来就算妨碍司法了吧。

一路上我问老吴，你和史老师是怎么认识的？老吴大着舌头说："哦，以前我们一起在台中当大楼保安，他是班长。"

我以为这一天的台客之旅已经结束，谁知道老吴根本就没打算送我回家，而是把我带到了林森北路。

在台北，有两个过了气的声色场所。在从前，所有合法的妓女和陪酒女统统集中在华西街和林森北路的夜总会。自从废除了公娼制度，这些地方就没落了，比如华西街的白雪大歌厅，现在只有老得皱起来的大妈还在那偷偷接待干巴巴的大叔，林森北路的夜总会稍微好一点，毕竟酒女不直接卖身，临检的时候容易说得过去。

停了车后老吴在全家便利店买了份黑轮，边吃边跟我描述着台北红灯区。

"那么我们来这干吗？台客也去夜总会？"我好奇地问。

"台客怎么不去了？"老吴用肥嘟嘟的手直接抹了抹嘴。

说话间我们走上了一栋楼，老吴熟练地按了电梯四楼，名字反正就是某某夜总会之类的。

接下来的三个小时，应该有三个小时吧？对不起当时实在太困就靠在沙发上睡了一会。其实来这家夜总会，根本不是为了花天酒地。老吴的一个相好，更贴切点的话我想应该称之为好友，在这里工作。

老吴说，他两年前跟朋友来这里，不知为何那个酒女对他非常殷勤，离开时还要了电话，之后每逢休假就约老吴出来吃饭看电影。

"她四十一了，有一个孩子，据她说是福建人，嫁到台湾没两年就离婚了，身份没了又不想回去，就入了这一行。"

"你也很喜欢她吧？"我问。

"怎么不爱，真想跑过去拉着她离开这个鬼地方。"说这话的时候老吴眼睛死死地盯着另一桌的两个东倒西歪的男客，他的好友像小鸟似的被搂在其中一个怀里。

"可是没办法，"老吴摊摊手："一点办法也没有。我一个人养我妈就有点力不从心了，再加一个带着小孩的女人，我什么也给不了。"

"走在忠孝东路，闪躲在人群中……走在忠孝东路，徘徊在茫然中，等候下一个漂流"

"有一次她把我叫到她家，哭着要我娶她，我难受，可是我真的真的真的一点办法都没有，台客要么单身，要么就得有能力照顾他的女人。"

"所以我只能有空的时候来她上班的地方，默默地陪着她，我没钱请她坐台，只能买半打啤酒等到她下班。"

那晚我们等一个我至今不知道姓名的酒女直到黎明，老吴陪着她走回家，近两三公里的路。他们手牵着手，我在他们身后远远地跟着，路灯下两个恍恍惚惚的影子纠缠在一起，叫人误以为是一对刚下夜班的老夫妻。

我们坐在联合报办公楼的台阶上，就老吴和我，还有初升的朝阳。忠孝东路的捷运站开始吞吐上班的人群，到处是穿着西装的男士和化着妆的女士。或三五成群或独身一人，每个人脸上的表情都差不多，说神采奕奕也可以，说心事重重也可以，总之怎么形容都不会很贴切，但也差不到哪里去。

要了两碗阿婆推车卖的粽子，老吴一边吃一边说：

"你和你太太，你们俩，很幸福。"

"还可以。"我说。

"要珍惜。"

"嗯。"

老吴顿了半晌，又对我说："其实，我也算幸福。"

我点点头。

"所以我也要珍惜。"他说。

# 1　永和豆浆的传说

**我**和妻都属于赖床的人，晴天被太阳晒得实在受不了才翻来覆去地滚下床。到了阴雨天，经常九十点起来上个厕所，瞄一下窗外安慰自己是凌晨，然后噗的一声又倒在床上。

有一次我俩在下午两点吃早饭，妻信誓旦旦地表示要整肃一下这股不正之风："黑眼圈越来越严重了，必须调整生活作息。"

我愿意举双脚赞同。

说归说，在没有老板脸色、没有打卡机器、没有工资单上大大的迟到扣款字样的鞭策的条件下，让两个毫无自制力的人自觉早起和让某人承认自己不是个天才的难度不相上下。不过我们还是决定调整作息的时间。

要早起，首先要早睡，为了早睡，晚饭必须七点前解决，然后不准玩游戏、关掉手机、停止刷Facebook、设定路由器九点后自动屏蔽淘宝网IP。我们很认真地开始执行，前三天顺利地十二点熄灯睡觉，可是依旧十一点后才起床。接下来的三天加大执行力度，十一点熄灯睡觉，可是依旧十一点后才起床。无可奈何，十点熄灯睡觉，好嘛，隔天终于九点就醒了，妻踢踢我：起床啦！我说好，半小时后我踢踢妻：起床啦！这样半推半就下我俩终于十点半起床。

"没什么两样嘛，根本起不来。"我说。

"我是看你睡得那么香，不忍心叫醒你。"妻说。

最后只有不了了之。

"得换种方法，比方说找点东西诱惑我们起来。"妻说。

"比如参观国父纪念馆吗？"

"严肃点，我想想……我看看……我觉得……要不我们每天一大早去永和喝豆浆如何？"

这个提议很快全票通过，除了睡，恐怕也只有吃能让我们产生对冲式的澎湃动力。永和是台北的一个县区，虽然我们从未去过，但众所周知那是台式早餐的鼻祖，林立在上海各区的永和大王的发源地，如果去那里吃早餐的话，我觉得我可以通宵不睡。

"睡了再起可比整晚不睡难多了。"妻泼我冷水。

于是两天后，六点的闹钟一响，两人就机械地念着永和两字爬下床来。

对于只接触过上海永和大王的人来说，永和豆浆油条属于某种标志性的东西，就好像若你到了美国，有人介绍你去麦当劳村吃汉堡一样，从小吃麦乐鸡翅和巨无霸长大的人估计连朝圣的心情都会有（当然没有麦当劳村这种地方，星巴克镇、必胜客县一概没有，肯塔基州倒是有个，不过那里拳王阿里和约翰尼·德普可能更受人关注些）。

在上海，吃早饭去永和大王算是比较高的消费了，一碗牛肉面外加豆浆油条，超过30元人民币，相比满大街五六元就能叫一大碗的兰州牛肉拉面、桂林米粉、老鸭粉丝汤，算是比较贵的。而其装潢和规模、丰富的菜单以及几乎形成垄断的高档豆浆早午餐店的形象，简直类似张菲主持的节目在台湾综艺界中的地位。

所以一路上去永和县的时候，我是满怀着憧憬的，那可是永和豆浆的老巢耶，香浓到不行的豆浆，堆成小山状的红烧牛肉面，刚出炉的小笼包，可能还有多到可以铺地毯的油条任你选择。满满一条街一定都是装潢漂亮到不得了的豆浆店，人潮汹涌，让人觉得在这里若还在吃美而美三明治或喝统一绿茶的话，会立刻被扔到炉子里。

所以直到我们停在一家黑不溜秋的小店门口，计程车司机问我们要不要下车的时候，我还以为他是急着上厕所或者买槟榔。

结果，结果，结果才知道所谓的永和豆浆店，就是这么一家放着三套油渍渍的桌椅，灶头一片漆黑的小店。

结果，结果，结果才发现我的四周，这种模样的小店三三两两凄凄惨惨地开在永和路上。

拿着餐桌上的菜单（一张寒酸的小纸条），上面写着屈指可数的几样东西：

热豆浆

冰豆浆

蛋饼

油条

炒米粉

点了冰豆浆、米粉和蛋饼，我们很认真地品尝着可以称得上最正宗的永和风味，不过我不得不说，遗憾地说，一本正经地说：还是上海的永和大王好吃啊。

这里转载一份介绍，是回家后我上网查的：当时，中华少棒队出国比赛是国家大事，电视台总是不惜投下巨资进行卫星实况转播。但是拥有电视的人家非常少，因此只要是家里有电视的，总是挤满了"厝边隔壁"（台语"邻居"之意），大伙儿一起观看比赛、加油呐喊。由于时差关系，中华队每回比赛结束后几乎都已半夜或清晨，经过一夜的加油与呐喊，大伙儿在兴奋狂喜之余，肚子也开始饿了。然而，当时只有永和的豆浆店开得最早，也是唯一的早餐店，大伙儿索性相约一起去吃早餐。

渐渐的，"半夜做伙看棒球，清晨一起吃豆浆"成了必然的习惯，一传十、十传百，后来连中正桥另一头的台北市民也相约一起来永和喝豆浆。就这样，豆浆店一家又一家地开，全盛时期，现今的中正桥头附近全是豆浆店，到了夜晚时分更是灯火通明、热闹非凡！豆浆店的营业时间也由原本的早餐店变成24小时营业的餐饮店。然而，随着时代的演进，花开花谢，永和中正桥头的豆浆店也由许多家变成现今的一两家。

看完介绍后，心里多少好受了些。豆浆油条本来就属于一大早来店里轻轻松松填饱肚子的人们，发展成上海永和大王的规模未尝不可，但是像永和路上留存的豆浆店也有他们的立场。

世界发展得太快，让年轻的永和豆浆们换上一身亮丽光鲜的行头，跑出去打拼，上了年纪的老永和们就待在古旧的村子里安安稳稳地过日子，抽着咕噜噜的水烟相互聊着上个世纪的事情吧。

我和妻喝一口豆浆，夹一块蛋饼，吃一口米粉。在大清早六点四十五分，晚夏时节台北的太阳暖洋洋地照进灰蒙蒙的店里，也许是因为终于早起，令我觉得有一种朦朦胧胧毫无真实感的错觉，仿佛我们俩瞬间在这里老去，白发苍苍，如同残破的店面一样风华不再。可是我们依然在一起，穿越了时空后，年迈的我俩依然在一起吃早餐。

这种感觉，应该跟永和豆浆没什么关系，但全拜其所赐。

# 请在河岸留言

**在**台北居住的这段时间，如果晚上不工作，我们喜欢在台大附近消磨时间。坐捷运在台北火车站转车至台大公馆，或者饶河夜市吃完胡椒饼直接打车到台大公馆。那里有妻爱吃的红豆饼，也有我爱逛的数码商城，外加诚品书店和红旗广告车，不过最常去的还是"河岸留言"。

第一次听到"河岸留言"这家音乐吧的名字，还是从老吴那儿来的。你一定猜不到，这老台客竟然还有一个乐团，叫"自由的王"。我曾经见过他们乐团排练，在台大附近廉价出租的音乐室，一个四十多岁、老实巴交、看起来更适合当厨师的大个子吉他手，一个穿Levis Boot Cut系列牛仔裤、永远只用侧脸对着观众的清秀女贝斯手（到底是什么样的女孩子竟然会加入这种台客大乐团？），还有一个仿佛泰迪·罗宾生气时候样子的鼓手，老吴是主唱，抱着话筒全程闭着眼睛大叫，头发一如既往的油光发亮，像只深受卡夫卡灰色小说影响的公鸡在打鸣。

"有朝一日，我们四个会去河岸留言表演。"

老吴唱完信誓旦旦地对我说。

河岸留言，是一家位于台大公馆边上、罗斯福路三段上的音乐酒吧。面积不大，从格局上来讲算是个半土库式的地下室，因此从罗斯福路上走过，粗心的人可能根本不会发现它的存在。

走进河岸留言的门口，首先会经过窄小的楼梯，两边的墙上贴满了各式各样来过这里演出的乐团照片，单以第一感觉来说，是一种年轻、执著、信念和音乐混杂成黏稠得化不开的氛围。下楼后右拐，算不上豁然开朗，全家便利店大小的空间，里面有小小的表演台，摆放着各种乐器。

每个男人都有一个乐队的梦想

作为音乐吧，这里也有一个吧台，卖一些鸡尾酒和饮料。或许是设计师刻意为之，吧台的位置在进门口的左边，以表演舞台为中心的话，就是在座位最后一排的边上。 我和妻都很欣赏这样的设计，比起那些将吧台装潢得如同酒瓶博物馆，坐满了刚发了工资故意松开领带结的单身汉的酒吧来说，这样低调的吧台更能让客人沉浸在自己喜欢的音乐里头去。

河岸留言是一个可以看到很多音乐人的地方，台湾本就是一个不大的岛，于是一旦像这样口碑不错的音乐场地在演艺圈流传开来，没多久即成了一个明星聚集之所在。

这里容我稍微离题一下，其实住在台北，遇到名人的机会还真不少，从过气的又变回大红大紫的，红过一阵就默默无闻的，无人知晓的到家喻户晓的，旅居没几个月，我就遇见过阿杜、罗大佑、黄秋生等人。

在台北，和明星们为邻是一种属于台北人的小乐趣，拍照时背景路人是王静莹也好，买阿宗面线时遇到陶喆也好，家门口是费玉清的五金电器店也好，多多少少让普通人你我，在茶余饭后有些充场面的八卦可打发时间。不过你问我为什么费玉清开五金电器店？你不觉得他唱歌的时候老像在检查天花板的灯泡是否完好吗？

所以从某种意义上来讲，能和平日里身处不同世界的艺人们一起坐在这个狭小的音乐吧，一起听着爵士或者摇滚乐，一起为台上的人鼓掌或者吹口哨，我想这对我来说是种非常难得的体验。那一刻我能清楚地触摸到所谓"生活"的气息，大概是受到这些长期暴露在闪光灯和流言蜚语的人群影响，我能扎实地体会到原本感觉不到的、平凡生活中微小的细节。比如聊天的音量，跷二郎腿的姿势，挖鼻屎的频率等等，不能说因此而学会了珍惜理解人生真谛之类的冠冕堂皇的大话，不过确实偶尔会冒出"很多事都是自寻烦恼，自由自在并不是件很难的事情"这样的念头。

每逢星期一，是河岸留言的Open Jam日，只要你愿意，带上你的乐团或者一把好嗓子，就能站上这个小舞台表演。这也是我们最喜欢的主题，清一色的原创音乐，原汁原味不带任何化妆品广告或地产赞助商修饰的个性，演出的种类应有尽有，爵士演奏，摇滚，民歌独唱，玩电吉他，三重县县长竞选演说（这是不可能的）。

有一次我问老吴，为什么不带他的"自由的王"来这里Open Jam？

老吴苦着脸说："吉他手阿洪不肯跟我们报名啊，说不喜欢这里的格调，其实是怕选不上。"

"你就不劝劝他？"

"屁啦，他倒是把另外两个给说服了，现在除了我，他们都不来这家听音乐。"

你看你看，我就知道是那位厨子的问题。

印象最深的一次Open Jam，是一个爵士钢琴独奏，一个仿佛只会在茱丽·嘉伍德书里出现的年轻男生弹钢琴。他仰着头，下颚微张，像试图含住从手指尖飘浮起来的音符。男生完完全全沉浸在自己的爵士世界里，半闭的眼睛看着台下观众无法触及的东西，那些由他制造出来的，混着爵士乐独有的随性和强迫性，如同流转在小说与日记之间，湖光与云彩之中，脉搏似顽强跳动着的生命般的东西。

像一个短短的，马上会飞散掉的世界。

我坐在不算柔软的椅子上，喝着没有加冰块的MACALLAN纯麦威士忌，看着舞台上的年轻的爵士乐男生，突然想到音乐的问题。

"对每一个人来说，应该都有一个关于音乐的完美时刻，在某个特定的环境，特定的时间以及特定的心情。"

这样的时刻也许在人的记忆中仿佛巧克力的味道般稍纵即逝，上班迟到、轮胎没气、油价飞涨、情人外遇、水管破裂之类的琐碎事情依旧主宰着生活的全部，然而没有人会反驳，当完美时刻出现的那一刹那，当音乐填满了那短暂的几秒，几十秒，一分钟，两分钟，当双手十指不经意地轻触在一起，建构起世界本身的很多东西已经开始变得不重要，完完全全包裹起来扔到不可回收的蓝色垃圾箱里也没问题。

宛如汤姆·克鲁斯在电影《征服情海》里，边开车边跟着电台里Tom

Petty一起唱Free Falling的情景，那种我，和当下的音乐，其他的一切都给我滚出去的感觉。

如果有人读到这里（真有人耐着性子听我说故事的话），那么就请你合上书本或电脑显示屏，然后静静地回想一下，是否曾经某个时刻，某段熟悉或者陌生的音乐，把你带进空无一切的地方去的回忆，那段如今你一直空缺的回忆。

Cause I'm Free, Free Falling

Cause I'm Free, Free Falling

写下此篇文章的时候，我和你一样努力回想着当时的情形，爵士乐环绕在我和妻子的餐桌前跳舞，我们不再对话，不再讨论生活的琐事，旅居下一站的事，父母催着生孩子的事。等音乐结束后我们默默地喝着面前的饮料，品尝着有些辛辣但纯粹的纯麦威士忌麦香味，我们两手相握，如同从时间的尽头一起流转归来。

# 漂洋过海斯坦威

**从**台北坐自强号火车三个小时左右到花莲，有些年头的老火车伴着低沉的咔嗒咔嗒声驶过东澳站时，就能看到太平洋。花莲市是一个靠山面海的秀美城市，离著名的太鲁阁国家风景区只有半个小时车程，事实上即使不离开市区，也能看到很漂亮的连绵的青山一路延伸向远方，配上浓郁的厚厚云层，宛如一幅巨大的泼墨山水画。

十月份妻回到台北后，刚好工作告一段落，我们便打算作一次环岛旅行，第一站决定到花莲。

出了火车站，天空下着毛毛细雨，清新凉爽，不像台北那种闷热得把人包裹在里面垂头丧气的雨。我们喊了出租车，把地址给司机，妻网上预订的民宿名字叫做"史坦威古典音乐沙龙民宿"，乍一听还以为是像"模型飞机动力学探讨小组会活动基地"这样的专业俱乐部。

没到过台湾的人，可能会对民宿这词有些陌生。所谓民宿，其实就是介于美国的Bed&Breakfast和我们的"农家乐"之间，屋子的主人把多余的房间腾出，为旅客提供住宿的地方。相比Bed&Breakfast，民宿并没有那么昂贵的价格，大多数台湾民宿也不会把屋子装修得那么精美（美国人开设的Bed&Breakfast，价格一般都超过150美金一晚，远远比普通\$40、\$50 的汽车旅馆来得贵，不过住宿的条件相当优越，暖暖的壁炉，几公分厚的柔软地毯，用心准备的家庭早餐，尤其是舒适的大床叫人看上一眼都能做好梦的样子）。但较之我们的农家乐，民宿又相对更有立场，同时也干净，美观很多，不会在洗澡的时候突然没有热水，更不会看到发霉的墙角有好几只蜘蛛勤奋工作。

民宿的文化源自于日本，在日本占领台湾期间引入，延续至今。由于民宿都是根据自身的特色而开，比如温泉民宿内建私人汤泉，欧风民宿重现欧洲风情，农庄民宿让旅客体验农务，古典音乐民宿听得到地道的莫扎特或李斯特曲子演奏等，所以民宿渐渐地成为台湾人心目中旅游的最佳住宿地点。民宿的老板（一般就是业主），不会只是坐在接待柜台机械式地问你住几天，要大床还是双人床，相反他们会亲自和你分享他们的生活理念和梦想，告诉你周遭的风土与人情，这通常才是融入了那栋建筑里的精髓。据说每年民宿的总数都是成倍增长，反之普通的旅馆业渐渐没落，大概就是这个原因。

说起来还真有点惭愧，来台湾好几个月，我们却从未离开过台北，最远也就坐捷运跑到淡水吃阿婆铁蛋。

二十多分钟后抵达目的地，这里是一套别墅群，建在山边，约有上百栋的规模。每座别墅都不算大，多是相互连着的三层楼，有个小院子。顺着门牌号我找到了史坦威民宿，按了门铃没有回应，这才发现铁门前贴了张纸条，说屋主有事外出，来客可以在邮箱内找到大门钥匙，进客厅自便。

真是淳朴的民风，放在纽约市里贴这样的纸条，不出五分钟后可能连烤箱里昨晚剩下的意大利面都会被陌生人搬走。

出于礼貌，另外门口有遮雨的凉棚，我们没有擅自拿钥匙开门，我坐在台阶上等屋主，妻跑到边上的花园和一只懒洋洋的哈士奇玩耍。整个小区非常安静，没有半个人影。

没等多久，民宿的主人就骑着山地自行车回来了，黝黑的皮肤，瘦小的体形，双目炯炯有神，除此之外并没有让人印象深刻的东西。

"真抱歉，有些物品急着去取，等很久了吧？"

"刚来，没关系。"我说。

"进来吧，其实钥匙就在邮箱里。"他边开门边对我说："对了，我姓朱。"

材质相当好的木质大门应声而开，一只灰白色的美国短尾猫从客厅探出头张望了下，随即自顾自地跳回沙发上。我们把鞋脱了放在门口，走进客厅的第一眼就看见了钢琴。

扎实的琴脚，优雅撑起的琴盖，泛着稳重黑色光亮的漆面，一张同样透着古典气质的琴椅，钢琴几乎在用Whitney Houston唱美国国歌的姿态迎接门口的客人，说接见也不为过。

"这就是斯坦威的三角钢琴，纯手工制造，全台湾一共只有七架。"朱先生把客厅的灯打开，黄色的水晶灯把钢琴映得像一章华美诗篇。

我不由地赞叹道："了不起的钢琴！"

朱先生拿了把钥匙，对我说："这是你们房间，三楼。洗手间每层有一个，每天晚餐时分会有学生来我这里练习钢琴，请不要介意。"与此同时他指了指客厅后面的一间小书房："无聊的话，可以去那里拿书看，我收藏了一屋子的书。"

"谢谢。"我说，我的眼光还是被这架斯坦威品牌的钢琴吸引着，这不能怪我，虽然并不了解它的价值，但整个客厅几乎就是为了它而设计的，整个别墅就是为了它而存在着的，它是这里一切的起点和支点。好吧，这么形容如果还不够形象的话，那么想象你正在纽约市区散步，你所有的认知和目标都逐渐变成加了酸菜和芥末酱的热狗，不管你是法国人还是中国人，结果都一个样。

"你们也是因为喜欢它才来的吗？"朱先生看到我望着钢琴发呆。

我转头望向妻，虽说家里也会放些钢琴曲，但是妻到底为什么会选择主题性这么强烈的民宿呢？妻一副"我就是喜欢这种格调"的表情白了我一眼。

"太太很喜欢，这架钢琴真的很漂亮。"

"是啊，为了它我花光了所有的积蓄。"朱先生非常自豪地说。

他走近钢琴，用近乎情人之间爱抚的温柔轻触着琴身，然后在后方的一个琴角边停住，示意我们过去。

"你看，学生们刚替我把琴搬进来的时候，这里还磨损了一块。"

我顺着他指向的地方，凑近仔细看了看，一处极其轻微的刮痕。很想说其实只要把灯光调暗，这伤疤就消失得无影无踪了，不过这种话毕竟说不出口。

"你是这里的钢琴老师吧？"我换了个话题问道。

朱先生笑着摇摇头说："我只是纯粹喜欢钢琴，来这里的很多音乐系的学生弹得都比我有天分。"

"是这样啊。"

"我的确是老师，"朱先生接着道："做了十几年的国文老师，最后辞职不做了。"

"因为钢琴？"妻饶有兴致地问道。

"是的，因为钢琴，我一直梦想着拥有这样一架钢琴，在一处安静的住所，畅快地弹奏。"

朱先生用手轻碰着琴键，说这话的时候他显得更加自信和骄傲。

"为了梦想而最终选择了花莲。"

边说他边坐到琴椅上，带着点期待地问我俩："喜欢古典音乐吗？"

"挺喜欢的。"妻说。

"弹一首给你们听吧，你们会喜欢斯坦威钢琴的音质的，"朱先生说："想听谁的？"

"贝多芬吧。"

朱先生点点头，悠扬的琴音开始在客厅之中环绕起来。

《致爱丽丝》，非常明快的曲风，从朱先生的手指触摸到键盘的同时，我就有种错觉，仿佛他和钢琴在那一瞬间溶化作了别的东西，一种再也无法区分演奏者和乐器的东西。曲子本身弹得并非完美无瑕，不过不会有人挑剔，那是种只属于安静的花莲别墅偶尔飘着小雨的天气，坚定与梦想混合后织成的音乐，我想即使是这世界上的很多钢琴大师，终其一生都无法得到类似的体验。

一曲奏完，朱先生小心地把键盘盖子阖上，我和妻一起鼓掌。

"对了，想请教下，"我忽然想起了什么，问道："斯坦威，英文是不是Steinway？"

"就是Steinway。"

"纽约的那个Steinway？"

"没错，Steinway的总部，不过德国汉堡那里也有制作。"朱老师补充道。

"谢谢。"我哑然失笑，慢慢地走上三楼，满脑子都是小时候在Steinway街打撞球的情景。天晓得，原来是那条满是南美裔居住的大街，那个初中时逃课集合的据点，那个约女孩子在Steinway地铁站出口见面的地方，那家做又便宜又大份又好吃的Steinway披萨店。过了那么多年，我居然在地球的另一端，住在以它命名的民宿里，并得知这个名字在钢琴殿堂里原来还享有着如此崇高的声誉。

妻向我微笑，仿佛在说：现在知道为什么来这家民宿了吧？

# 1　砾石中的小小世界

**花**莲并不是大城市，而且因为住在郊区的关系，所以感到比台北市安静多了。起早一点在街上散步的时候，甚至可以听到鸟类大合唱的乐声在很多颇有年份的大树之间此起彼伏。另外一天二十四小时都能看见漫不经心散步的狗，品种应有尽有。它们有些是当地人圈养的，有些则是在这里安家落户的流浪狗，不过每一条看起来都像是自己支持的党派变成执政党般怡然自得，与路上的行人相安无事。

说台湾是猫狗的天堂绝不算过分，首先你很难看到怕狗的人，与中国大陆很多城里人一见到狗（无论是憨厚乐天的拉布拉多还是小得足以夹在书架中的吉娃娃），便发出足以参加《惊声尖叫》第四集配音员选拔赛的声音相比，台湾人即便不喜欢狗，最多也就是舍不得把手里的香肠分一块给它们的程度罢了。其次猫或狗都不用如纽约警察般一天到晚神经兮兮地过日子：美国的狗从出生开始就要被安排上各种各样礼仪课，走路时要跟主人保持多少距离，大便时身体与翘起的尾巴之间的角度问题，看见异性时基本的姿态并且不准吹口哨。台湾的狗相对自由得多。

曾经看过一段新闻，在台北闹市区的一家服装店，某天店主发现门口台阶上躺着一条小土狗，为了不影响做生意，店主就用食物吸引它到一旁角落。谁知道小土狗吃完后，舔了舔嘴巴又睡到了台阶上，好心的店主不愿意暴力赶走它，可是用尽心思都没办法让它不挡着门口。就这样，这只固执得跟中国电信故障申报客服有一拼的小土狗，天天吃饱后就趴在商店入口，看着街上来来往往的人群。而这并没有减少服装店的生意，客人们一般都好心地从台阶的边上绕进去，顺便带点牛肉干给它当零嘴的老客人也不在少数。

■ 背着家去旅行

　　说实在的，无论你是纽约人还是上海人，若没去过台北，都很难想像在大都市里人与狗之间如此自然和谐的情景。

　　言归正传，次日我们准备去看海，出门的时候问朱老师借了两辆山地自行车，目的地是七星潭，老吴大力推荐的（这台客知道的地方还真多）。朱老师给了我一张简易的地图，不远，很容易找。

　　骑车穿过相对繁华的市区，经过一段很多学生聚集的街道，然后翻过一条非常长的上坡，就进入了七星景区。两人全身呼呼地往外冒热汗，远方淡淡的海风缓缓地吹来，说不出的畅快淋漓。

　　整段路程约有30多公里吧，骑了一个多小时，很久没有这么骑过自行车了。在台北的时候经常听人说起自行车环岛旅游的故事，此时我能够清楚地感受到那种旅行方式给身体带来的愉悦：在似曾相识但又略感陌生的公路上

稻田，高山白云，干净的柏油路，这段行程美不胜收

细细品味，逐渐疲惫的肢体迅速沉淀在身边的每一处风景，一种"我与整个台湾岛共同存在于世界的一隅"的认知扎扎实实地深印在记忆之中。

　　快进入七星潭的时候，两旁林立着一些民宿，白色和蓝色相间的小房子，粗看上去就像经过一个偏僻的小村庄，也许本就如此，村里人只是因为七星潭的名气才转行开起了民宿。

　　七星潭，是位于花莲市东郊新乡县的一处海滩，从苏花公路南下俯视花

莲市的时候可以看到一处突起的山丘，那就是著名的美仑山和美仑台地，七星潭在美仑台地最北方的海岸。

七星潭其实是一处很奇特的地质构造，1951年10月22日花莲市东北方海域发生一次地震规模达米氏7.1级的大地震，震后东侧的美仑台地抬高了约40—120公分，并且美仑台地向北水平位移2米，断层活动时地表产生凹陷，产生断层湖或断层池，七星潭就是在这样历经数十次的大地震与断层活动后产生的水潭。

然而到了七星潭的海滩，你并不会发现任何水潭，原因是花莲市建造机场的时候，选址就在美仑台地附近，以至于当时星罗棋布的水潭统统被填平。即使如此，当地人还是继续保留了七星潭的名称。因为机场附近限制造高楼，防光害，之后来此的游客们发现此地是个绝佳的观星地址，于是七星潭可以看到很多星星的传言不胫而走，给七星潭附上了另一层浪漫的含义。

这些资讯都是我们骑自行车环绕七星潭时所记录下来的。整个海滩有一条简直可以直接贴上艺术品标签的自行车车道，紧贴着边上的丘陵延绵而去，并且每过一小段就有一些关于当地地质结构的介绍牌，我们没有骑完整条车道，不过花了不少时间阅读这些资料（妻趁此机会抹了好几遍防晒霜）。我觉得这些文字要是放在书本或者满是粉笔灰的教室黑板上，恐怕只会变成绝佳的催眠读物。

顺着自行车道的一个斜口，我们下车走上海滩，大概不是周末假日的关系，周遭鲜少见到人影。有一对情侣远远地坐在离海浪很近的地方看海，有一家四口带着小狗散步，两个大学生模样的男生站在一旁交谈，他们也是骑车过来的，戴着半颗橄榄模样的安全帽。

这里的海浪很大，足足有一米多高，卷起的浪头呈现着清澈的碧绿色，尤其当整齐的海浪层层叠叠涌上岸边的那一刻，如同一整块巨大的无边无际的翡翠被瞬间雕刻在凝固的时间里。虽然因为浪太高而不能游泳，但是仅仅在海边驻足，就能体会到太平洋带给这个东部小城独有的浓厚气味。

可这并不是七星潭真正令人着迷之处，使其别具一格的，是成千上万

妻爱爬高，一到野外，上蹿下跳

的、无以计数的砾石所组成的巨大石滩。鸽蛋大小的圆滑砾石布满了整个海滩，黑色和白色条纹相间的砾石代替了细沙，走在石头上你会听到它们彼此脆软的碰撞声，海浪退去后在石缝之间形成微型的溪流，同时被雨水润泽过后闪烁着宝石般的晶莹。

每一块石头都不一样，即使终其一生都无法数得清它们的数目。当你弯腰捡拾起任何一颗小石子，都会为它独一无二的花纹着迷。在好几个足球场大小的范围内，每一颗砾石都能告诉你一个只属于它，或者也是你的故事，同时你可以再捧起另一颗砾石，把它和你手上原有的那颗放在一起，释放你的想像力，就可以写出最曲折婉转的诗篇。

这么说吧，如果你愿意，花上一些时间，祈求一点运气，我敢打赌，你一定能找到写着你名字的砾石花纹，如果再洒上一点幽默，发现一颗勾勒着潘长江脸部线条的石头都不在话下。

妻蹲在海滩边非常仔细地挑选石头，她说她要找两颗相似的，一颗属于她，一颗代表我。此时此刻处女座的个性彻底发挥作用，我想至少有几百颗砾石被妻认认真真地翻阅接着又从她指缝中滑落。

妻聚精会神地搜集着，等到手里实在装不下了，就气呼呼地走到我面前：每一颗都很好看，但没有一样的，怎么办？

大约十几颗形状各异的砾石，大部分呈半透明的乳白色，原本我还想说要不全部带走，毕竟我胖你瘦我慈厚你彪悍（瞎扯的）所以找相同的并不贴切，然而出乎意料之外的是我们同时发现我手上瞎摆弄的一颗石子，竟然和妻手心里的一颗一模一样——半面淡淡的白色半面漆黑，形状是正圆形，大小毫无差别。我啧啧称奇，妻则一副"你看我就知道会有"的神气模样，缘分这类事情你还真没有办法不相信。

快日落的时候我们顺道去了边上的花莲酿酒厂，没有喝到印象深刻的米酒却吃了非常奇怪的棒冰，用肉松和酒糟做的，又咸又甜，妻居然喜欢得不得了。台湾的肉松很出名，不少食物里都会放一点，比如竹筒饭、冰棒，还有蓝心湄的歌，伤脑筋。

如果之后有人问我对花莲的印象的话，恐怕我的回答不会令多数人满意，优雅的黑色斯坦威钢琴，国文老师的梦想和古典音乐，配上铺满地的独特花纹砾石，全身湿透地踩着自行车在他们之间徘徊。没有著名的太鲁阁，没有东华大学，没有海洋公园，没有王祯和的小说世界，好吧，肉松和酒做的蛋糕，哦不，棒冰算上一份。

旅行的时候，经常会把非常自我化的东西加在旅行地的特点之上，不过我并不觉得这有什么不好，毕竟"对事物的看法"这句话本身就有着相当个性主义的调调。我喜欢此时此刻的花莲，比台北清爽，比三亚自然，比青岛温暖。当然如果再来花莲旅行的话，或许我会选择住"巴克利大嘴巴篮球民宿"或者"天行者光剑技术发展研讨民宿"什么的。话说在以价值上百万台币的钢琴为中心的别墅面前，我多少都有些缩手缩脚，事实上之后好几次梦到自己不小心用指甲划伤了钢琴，被一群会弹李斯特所有曲目的音乐系学生

暴晒了一下午，只为那属于我们的小小石子

玩自拍的妻被一朵大浪沾湿了裙子，即使这样，她也不忘按下快门

狠狠塞进琴盖中使劲砸。

次日中午，我们带着火车站附近买的红糖番薯干，坐上继续南下的火车。

从车窗可以看到台九线公路旁的景色，不时经过很惊险的临海悬崖。天气晴朗，之前蒙蒙细雨被藏在湛蓝的天空背后，午后的阳光把海平面照耀得有些刺眼。我用手机听着张学友的《我与你》专辑，里面的那首《不经不觉》，此时此景下听最适合不过了（很抱歉类似老吴的台客除外）。

# I    龙的传人

**我**们打算在冈山阿哲家住几天。冈山是高雄市的一个县城，离高雄市区约大半个小时的车程，火车的话可以直接停靠。因为除了羊肉炉和豆瓣酱之外并没有什么吸引游客的东西，所以很少有旅行者会特地去造访。冈山人口不到十万，主要由各个眷村组合而成，最知名的要属还在运作的空军军校。

所谓眷村，是当年内战结束后，跟随蒋介石奔赴台湾的国民党官兵，还有些他们的亲属家人。那些人到了台湾，官兵们分别驻扎在台湾各处，亲属家人就在附近找个适合生活的地方，围起来建立自己的村庄，所以至今在台湾还有外省人与原住民的分别。

想来当时住在眷村的人，心情不会好到哪里去，政府每天打着反攻的口号，但每个人都看得出事实渐行渐远。曾经所拥有的一切，像台式电脑被拔掉插头，啪的一下都没了，然后重启，回到光秃秃的桌面图案，什么都没被保存，消失得无影无踪。

我们之所以去那里，是因为阿哲的老家在冈山，阿哲是我在纽约时的大学同学，比我小一岁，读完大学后他就回到台湾，帮父亲一起经营汽车零件制造厂（当地赫赫有名的企业）。据阿哲说他父亲当年是空军基地的飞机检修员，退伍后凭着过硬的技术建了这座厂，算是白手起家。

阿哲在冈山火车站迎接我们，开着崭新的路虎，戴着运动款墨镜，穿着印有纽约扬基队标志的外套，神采奕奕。

阿哲也是在眷村长大的，爷爷是湖南人，当年带着五岁的阿哲父亲跟着部队来到台湾，从此就在冈山的眷村扎根。小时候阿哲还会跟爷爷说湖南话，说不通的时候可以用普通话，但决不允许讲台语（闽南语），否则爷爷会用皮带抽他的屁股。

由于算是军人家庭，所以他家的家教很严，比如晚上十点必须熄灯，六点必须起床（这点让习惯晚睡晚起的我俩叫苦连连），见到长辈要立正问好，很多娱乐活动都被严令禁止，比如喝酒和打牌。

"小时候我常趴在那些老房子的屋顶上，看火车经过。"阿哲边开车边指着一条废弃的铁轨对我们说，边上确实有不少老旧的土房，绝大部分无人居住。

"爷爷一直说将来我们全家会坐那里的火车回老家，说家乡是个漂亮得不得了的地方，于是每次看到火车，我都期待着它能停下来把我们接走。"

"结果爷爷直到去世的那天也没离开过冈山，倒是前几年我和爸爸回过一次湖南，老家在洞庭湖的边上，风景确实漂亮，但到处是垃圾。"阿哲一边说一边啧啧啧地摇头："不管是湖里还是岸上，矿泉水的宝特瓶啦，泡面的碗啦，香烟盒塑料袋食物残渣，要多恶心有多恶心。"

"确实是个问题。"我说。

"这都在村民们自己住的家边上啊，难道就不能有个共识，唉。"

"唉。"我跟着叹口气。

"还有就是开车的人都急得跟什么似的，"阿哲像是找到了抱怨的对象："我们坐的出租车横冲直撞，其他车辆也不甘示弱，从长沙到我们老家两个小时的路程吓得我爸心脏病都快犯了。不管是高速公路还是普通马路，所有车子都恨不得贴着前面的车子屁股开，明明大家车速都不快就是有人会死踩着油门插进来，再死命地急刹车。"

"是有些急躁。"我同意。

"然后不管什么情况都死命地按喇叭，会车按、晚一秒起步按、堵车也按，最要命的是在乡村小道上很多行人行走的地方所有的车子都死命地按。我想说等在行人后面慢慢通过晚个半小时又能怎样？这些泥路上到底是行人安全重要还是开车重要？"

"还记得在纽约长岛那次吗？我不过是开了远光灯后忘了关，没十五分钟就被警察拦下来给了六十五美金罚单，在大陆却是一到夜晚刷刷刷地统统都是远光灯，有的还非法改装过，闪得对面根本看不到路，真担心那些常年在路上的司机眼睛会不会被弄坏。"

"这些事情政府居然就当没看见。"阿哲说的有些激动："跟纽约学把罚单一张张开出来，并不是什么很难的事呀！"

"政府可能也需要慢慢学习改善吧。"我不知道该怎么回答。

"不过说到台湾，也好不到哪里去。"阿哲又一次不停地摇头："从火车站到我家，要绕整整二十几公里，而且路况要多差有多差。"

我这才注意到我们行驶的路确实异常颠簸，又窄又难行驶，坑坑洼洼的全是黄泥，偶尔有车超越就会扬起一大片尘土。

"三年前说要修一条直通的公路，当时的立委拍着胸脯信誓旦旦地说很快就能建好，结果修了一半，遭到沿途村民和环保团体的反对，说破坏了一些老建筑和树林。然后就开始抗议，游行，打官司，折腾了整整两年，最后好不容易双方达成共识，立委却连任失败，新当选的立委查了查账本，苦着脸说一点余钱也没有了，这条路暂时无限期延期。"

"你知道在台湾执政，应该做什么吗？"

"做什么？"我问。

"什么都不做呀，哈哈哈。"阿哲笑了："反正不管你做什么，一定会有人站出来抗议，随便找几个牵强的理由，这个不好那个有问题，再找一家反对党的媒体大肆宣扬一番，保证骂得你体无完肤。"

这家伙一旦开始开政府的玩笑心情似乎就好了不少。

一刻钟后我们终于抵达阿哲的家，很豪华的一栋别墅，门口还有一大片草坪，阿哲的父亲在院子里坐着看报纸，一只拉布拉多犬摇着尾巴斜着脑袋盯着我们看了半天。

次日八点整，我俩准时听到阿哲父亲的敲门声，这里的规矩是八点以后起床的人统统都要被扔到马桶里冲掉，这一点我之前就提到过。

　　阿哲说今天周末，他们全家都要去看奶奶，让我们一块去。于是早饭后，阿哲父母、老婆、女儿，还有两个妹妹加上我们，九人浩浩荡荡地开着两辆车驶往冈山县中心。他的奶奶不愿搬家，还住在最初的老房子里。

　　沿着一条宽大但并不整齐的水泥路，再拐进一条林荫小道，过了一个弯就看到一排旧式的瓦片房，从左数第三栋就是阿哲奶奶家，大致是三合院的格局。

　　房子的对面是一个小小的篮球场，球架看起来有些年份，阿哲说他小时候天天在这里打篮球。

　　下了车，走到阿哲奶奶家门口的时候，他的父亲指了指隔壁的一栋砌着新砖的房子对我们说："认识侯德健吗？他以前就住这，我年轻的时候还常和他一起玩。"

　　"侯德健住在这里？"我和妻异口同声地问。

　　阿哲的父亲笑着摇摇头："早搬走了，在阿哲小时候就搬走了。"

　　我仔仔细细地打量着侯德健的旧居，不是什么非常有特色的房子，当然我也并不期待其大门上刻两条精神抖擞的金龙或者外墙上写炎黄子孙之类有分量的大字（其实真有的话倒也不错）。从墙外依稀可以看到里面的第二层小阁楼，用红色的漆重新刷过的木质窗户，两颗不知名的树分别立在墙的两侧。

　　认真思索一下，作为眷村第一代的孩子，写出《龙的传人》这样的歌，其实理所应当。

　　我试图想侯德健的模样，怎么也想不起，而且一再变成侯耀文讲楼上楼下那段相声时的嘴脸，我摇了摇头，最后跑进脑里的是不戴墨镜的罗大佑。

　　恐怕这就和如今日渐式微的眷村形式一样，随着时间的推移，那些曾经被围起来的外省人已经融合在台湾的每一个角落，你再也分辨不出谁比谁更彷徨，谁比谁更坚实，也再无法听到能够在你胸口沉重敲击的声音，以及那些无可奈何却殷切的呼吸声。

　　午饭过后，淡淡的秋阳照在侯德健老家那两棵枝叶繁茂的树上，我和妻坐在墙边，轻轻哼着《龙的传人》，我一句她一句，一九七八年的冬季仿佛在这个眷村里从未流逝过。

# 1　寻找黑鲔鱼

**G**PS重新定位，周边的气氛也慢慢变得热闹了，傍晚七点半我们终于抵达东港。

原本打算走遍整个小镇去寻找当地的美食，结果才逛了没两条街，就看见一大排海鲜餐馆林立在一条河湾的两旁，霓虹灯此起彼伏地闪烁着。

"哇！"妻说。

"乖乖，了不得。"我说。

我俩吞着口水一家接着一家地观察，想找家看起来最地道的餐馆，结果无功而返。

除了名字（现在回想起来似乎连名字都没什么区别），根本看不出哪一家的料理会更好吃。这里的饭店都不大，一般两层楼十几张桌子的光景，无论哪个角落都干干净净。既新鲜又肥美的海鲜统一摆放在每家店最显眼的地方，一旁负责招呼客人的老板或经理会带着你细心地介绍每一样海产品，而且你也不必选定该家就餐，没有人会因此生气或让你难堪。

就是这样精致且温馨的餐馆依次罗列在这条小河边，虽说这是声名远扬国际的海产小镇，也没有给人不近人情的感觉，抑或迫不及待地想掏空你钱包的模样。海鲜美食是小镇最重要的主题，尽管如此，在东港各处饭店的体验，就如同回到了乡下外婆家吃家人为你准备的晚餐一般。"没什么好招待，就来尝尝我们东港的饭菜香吧。"让人倍感轻松的亲切，友善。

其实不仅仅是东港餐厅，台湾几乎所有的旅游业，都有着类似的气息，要我说这正是中国千百年来的一种文化传承，就像段誉在苏州城外遇到划着小船的阿碧："菡萏香连十顷陂，小姑贪戏采莲迟"如此这般的光景。

言归正传，我们最终找了一家餐馆坐了下来，大约五十出头的老板一脸不好意思地对我们说："还要一个月才有新鲜的黑鲔鱼吃，现在不是捕捞季节啦，不过其他的海鲜放心吃就是了。"

"黑鲔鱼？听起来很能引起食欲的名字，可是那到底是什么东西？"

对东港特产一窍不通的我俩面面相觑，当时的心情就像有人对你说雷·斯蒂夫·哈伯英今天感冒无法来为大家弹奏，所以就先听听波利尼、阿格里奇、齐默尔曼等钢琴大师为大家弹奏吧。虽然拿黑鲔鱼跟雷·斯蒂夫·哈伯英类比有些不太适合，不过当时黑鲔鱼就是给我们这样的感觉，从未吃过但肯定是所有海鲜的压轴（如果你想问我谁是雷·斯蒂夫·哈伯英，请不要生气，完全捏造出来的人名，试想又有谁真能让波利尼这些大师当绿叶陪衬呢？）

"那么，请问老板有没有不特别新鲜的黑鲔鱼吃呢？"妻话音刚落，我就暗地里拍手称赞，多巧妙的问法，要是直接问老板什么是黑鲔鱼，极有可能被赶出去或被吊在东港大桥，上面插着"没文化真可怕"这样的标幅。

果然老板一听妻这样问，立刻肃然起敬："看来年轻人你俩是专程来吃黑鲔鱼的哦！"

"哪里哪里。"妻不卑不亢地回答，眼睛仍然仔细地盯着菜单。

我配合妻朝老板点头微笑，仿佛此时我们俩是在非鱼汛季节克制不住对东港黑鲔鱼思念的死忠食客。

"那算你们来对地方了哦，"老板凑近我俩小声道："虽说不是这两天捕捞到的，但这里的确还留了一些黑鲔鱼，原本是想留给几个常来的老客人的啦，不过你们也是诚心诚意，就给你们做一盘，多要就没有了。"

老板边说边从冰柜的底层拿出一块冻得硬邦邦的鱼肉，神情像是拿着老虎伍兹签名的球杆："还是黑鲔鱼肚，赞哦。"他说。

我悄悄地握了下妻的手："真有你的。"

随即我们又点了当地的其他特产海鲜，有樱花虾炒饭、煎油鱼子、吻仔羹、海鲜卷等，趁着老板拿着菜单进厨房这当口，我大致介绍一下黑鲔鱼吧，估计你们和我一样，满肚子的疑惑：什么了不起的鱼嘛！

仔细寻觅，寻找传说中的黑鲔鱼

鲔鱼在英文里叫做Tuna Fish，别名叫金枪鱼，拿来做三明治或色拉，中国大陆的很多超市也有卖金枪鱼罐头。可是去过日本，或者上过日本餐馆的人都知道，色泽鲜红的鲔鱼肉是生鱼片拼盘里必不可少的，地位与三文鱼不相上下。那么黑鲔鱼呢，这样比喻吧，如果平常的金枪鱼生鱼片在日餐中相当于文学爱好者手里的精装版《巴金文集》，那么黑鲔鱼生鱼片就是曹雪芹《红楼梦》的手稿，黑鲔鱼肚就是手稿外加曹大师的盖章和手印。

它是生鱼片中无可取代的极品，犹如长白山成形的人参王，或者比尔•盖茨家里的电脑系统。

这里摘录一段维基百科的简介：

黑鲔鱼有鲔鱼之王的雅称，是一种可以媲美松露和鱼子酱的珍贵鱼肉（日本人称黑鲔鱼为Maguro），鲔鱼肚肉（Toro）又是其中最上乘的部位，是成熟黑鲔富含脂肪的腹部。松露和鱼子酱之所以昂贵，是因为稀有，黑鲔鱼也一样，这些原本被视为不可食用的鱼，在近海处就可以找到大量的鱼群，因大量捕捞而迅速减少，成为享有国际崇高地位的菜色。2001年东京的筑地鱼市场，就曾经创下一条黑鲔17.36万美元（约合新台币520万元）的高价。

每年四至六月黑鲔鱼随着黑潮北上，经兰屿及绿岛附近海域，此时正是台东沿海飞鱼产卵季节，黑鲔鱼可能为捕食飞鱼而改变游速深度，因此东港鲔钓渔船在20至30米深的海域即可钓获。

此时正值交配期，黑鲔鱼的油腹非常饱满充实，且肉质丰实，制成生鱼片，入口即化，堪称极品珍肴。虽然渔期不过短短三个月，东港黑鲔鱼的产量及产值，都是世界第一，连日本老饕都趋之若鹜，不惜岛运抢鲜，因为等到七八月间，鲔鱼游至日本海域时，其油腹已不再肥厚好吃，还略带酸味。

这些讯息，都是事后我上网查询得来的，在当时我们根本就属误打误撞地来到顶级生鱼片之乡——盛产黑鲔鱼的东港小镇，说是巧合也好，狗屎运也好，总之那晚我们把切得厚厚的，还余留着稍许冰末的黑鲔鱼肚生鱼片放在嘴里的时候，两人简直感动得热泪盈眶。

如同冰淇淋般的顺滑，叫人从此失去味觉也在所不惜的鲜美，清爽但余味丰厚的口感，我想这根本就无法用人类的文字去形容其万分之一。如果硬要说说当

*"每天一条，一个月不重样"，妻说*

时的感受，我想就是那种"就让鱼肉停留在我口中，然后把我包装好放进冰窟永久保存起来"的心情。小碟子里一共放了四块黑鲔鱼肚生鱼片，老实说当时就兴起了"对妻说这食物不宜美白，还会发胖"的想法，然后独自享受。

不说你也看得出来，妻也有类似的打算。

其他的菜色陆续上来，尤其樱花虾和油鱼子也属东港极富特色的海鲜，可是说什么我们也无法去细细品味这些美食了，这就像看完《侏罗纪公园》三部曲后再看日剧《恐龙特急克塞号》，跟玩似的。

其间老板还特地送了我们一道红烧鱼，白白软软的鱼肉像极了豆腐，问老板是什么鱼，老板说："那个鱼。"

我以为听错，回头又问了次服务生，得到的回答还是："那个鱼。"

"那个鱼？"我俩临走时还特地再次询问。

"没错，就叫那个鱼啦。"

"哪个鱼？"

"那个鱼啊！"

算了，放弃，管他这个鱼那个鱼，反正明天我们来，只吃黑鲔鱼。

# 1　老板，给我两斤时间，乘上九份

泽木耕太郎在午夜快车三部曲里，有过这样的经历，由于很久没有重读这本书，详细的情形记不太清楚了，不过大致上应该没错。

当时太郎正在尼泊尔的首都（也有可能在印度的新德里，确切地点忘了），躺在几美金一晚的大通铺上，他明确地感到自己该离开这个城市了，否则他将成为睡在身边的其他旅行者一样，渐渐失去背起行囊的勇气，最后躺在被大麻烟雾重重包围的床上死掉。

可是作者一而再、再而三地拖延了出发的日期，没有任何具体的理由，就算努力编织一个出来，充其量也就是当地的奶茶又便宜又好喝罢了。这座陌生的城市有着某种说不出的魅力，紧紧地、韧性十足地抓住了作者不再尖锐的好奇心。

坐在九份观海楼简陋的阳台前，喝着Seven-Eleven买来的廉价葡萄酒，虽说是不同的旅行不同的时代，我仍旧能够分毫不差地理解太郎当时的心情。

环岛游回来已经过了大半个月，连续几天的小雨正式宣告台北进入冬季，我打了好几次电话给港龙航空，都是为了延后航班。

"很多东西还没整理，房租交到年底了，胡椒饼还没吃腻，星战前传第三集还没上映呢。"每次更改时我和妻都这样相互推托着，不知道为什么，就是不想走。

直到台湾签证即将过期，再次续签的话又贵又复杂，我们才决定回上海。由于台湾不能直接办理大陆的签证，妻拿着我的护照去了香港，我便问老吴台北周边还有什么可以消磨时间的地方，老吴说：该去的你全部去过了，除了总统府和牙医诊所，我能想得出来的只有九份了。

那就去九份吧。

同样是火车，从台北市到九份可就近多了，我在瑞芳这个站名下车，然后转乘汽车上山，到九份老街大约二十分钟。

没错没错，九份也有老街，台湾只要叫得上名字的地方，必定有老街，有老街的地方必定有民宿，就像周华健只要开演唱会必定会忘词一样毫无疑问。

坐汽车到达九份的那条路叫汽车路，顾名思义，在九份除了这条路之外，汽车就没有用武之地了。九份临山靠海，整个村落建在半山腰上，错综复杂的小石板路边上是一间间颇有年份的老房子。从格局上来看，九份属于很早之前就存在并按照自己步伐慢慢发展的村子。

寻找民宿的时候，顺便打听了一下九份的历史，一句话可以概括：当年这山里住着九户人家，因为每次外出到集市都是每样要"九份"，便因此得名。

住在九份的那几天，总觉得九份的老街和其他地方的老街有些不一样。虽然依旧是很多卖当地特产的铺子以及好吃的当地小吃，鲨鱼丸，花枝丸，红糟肉圆，草仔粿等等，然而从老街入口处一路走去，越往里就越发感受到浓重的生活气息，这是一种无论如何也仿造不来的、原原本本纯

吃完民宿老板做的可口早餐，经过蜿蜒石阶，去看金针花

正的当地气息，仿佛其他的一切，小吃也好特产也好，都只不过是顺便放在那里给不属于这里的游客解闷而已。

每天起来喝一碗综合丸子汤，买一些糕点和零食打发午餐，晚上吃炒米粉、卤肉饭和烫青菜。通常早餐过后我就沿着山路看看海，去旧矿场参观金矿博物馆，或者哼哧哼哧地去爬鸡笼山。

说起鸡笼山，是可以从九份的山路直接走到的一座海边小山，几百米的台阶就算学蛙跳登顶都用不了一个小时。在山顶有一个供人休息的简陋凉亭，几张石头椅子，几个大学生努力吸着吹来的海风，偶尔会有一两个日本人拼命按着索尼相机的快门。

吃完晚饭，我会固定在Seven-Eleven买一瓶廉价红酒（九份的唯一一家便利商店），然后回到观海楼（入住的民宿），在阳台上坐着享受着山岚拂过的清新。

没有网站方面的工作，我开始写短篇小说自娱自乐，每个故事都无可避免地有了一个以九份老街为背景，廉价葡萄酒为道具的开头。

每晚过了十点，若没有特别的事，观海楼的老板会上来找我聊天。"又开始工作了啊？"这是他一成不变向我打招呼的方式。

"不是工作啦，只是在打发时间。"这是我一成不变的回答。

于是我合上电脑，老板搬来一张椅子，就着昏黄、湿漉漉的挂灯，我们有的没的聊些不着边际的事情。

这个五十多岁、头发已经退到耳际的老板人挺不错，要是拿花莲史坦威古典音乐民宿老板与其比较，我想我更喜欢九份的这一位，原因无他，就是我们两个都很无聊。

他真的很无聊，每晚他经营的咖啡馆（就在民宿靠海的一面）打烊之后，他就搬上一张竹椅，坐在自家门口，两眼直瞪瞪地看着面前的老街。

这样说可能有点不礼貌，可是大伯您到底在看什么？从七点钟到十点钟那可是三个多小时啊。要说你是在回忆往事或者思念亲人那也说得过去，只不过从你的眼神和表情来看，你根本就是什么也没想，纯粹的如同为了不便秘而每天早上坐在马桶上等便意那样的无所事事嘛。

当然我也有可能猜错，这位老板或许是位韬光养晦的出世高人，和少林寺藏经阁的扫地僧一般通过最平凡的生活去体验最深奥的修身之法。好吧写到这句我就没法再接下去了，一想到那位大伯风和日丽的太平洋表情，我再怎么否定自己的猜测，最终还是得出这位老板真的非常非常无聊的结论。

也许在九份，这就是一种处理时间的态度。"喂喂，老板，给我两斤时间，乘上九份。"

没过两天我就和老板混熟了，他会请我吃剩下的厚片土司，聊棒球发展史和咖啡馆每日营业的状况。混熟的好处是除了每晚睡觉前有个和颜悦色的大伯陪你说说话，而且从第三天起，他就开始邀请我早上起来继续无聊。不对，是早上起来散步爬山。你看，不可否认，我渐渐地喜欢上这种无聊了。

老板带我走的山路不是鸡笼山，而是从九份老街的末端开始，沿着几近被树林湮没的一条小道。从这条小道往下走，可以直达瑞芳县中心，我们俩会在那里吃一碗牛肉面。"比九份老街上的鱼丸汤好吃多了。"老板不止一次地重复过，我点头赞同。

吃完面，老板去旁边的集市采购一些当天的必需用品，然后坐汽车上山。我们约定过，他请我吃牛肉面，我请他坐公共汽车。

散步下山的时候，还有坐车上山的时候，我们聊各种话题，不停地聊，有些话题重复着聊，即使想起曾经聊过也没关系，反正时间有的是，重头再聊一遍挺好。不知不觉，很快就过了一周。

"明天要走了？"那晚老板惋惜地问我。

"是啊，大陆签证办好了，老婆回来了，阿富汗又要打仗了。"

"如果将来小说大卖，记得再来九份，牛肉面照样我请。"

"都说过几百次了，我不是什么写小说的作家。"我摇摇头。

"没关系，总之想呼吸新鲜空气的话，就来这里。台北和纽约这种大城市都只适合屏住呼吸过日子。"

我深有同感，这一刻我觉得老板的眼眸里充满睿智。

持续上山，云已在脚下

"好空气里你才能写好书啊。"老板喃喃地道。

好吧，我把刚才的感觉收回。

那一天晚上，我躺在略微有些硬的榻榻米上，仰头看着天花板。涌上的酒意像是在催促我离开这个生活了近半年的地方。

我关上灯，漫山遍野的山岚使窗外的路灯像是被磨成粉末的月，铺洒在用丝织成的幕上，我望着那团微晕的光，细数着我心目中对台湾的种种印象。

便利店，饶河夜市，河岸留言，环岛火车和只在童话中存在的砾石海滩，以及忠孝东路上的黎明，侯德健老家鲜红的窗漆，老吴阿哲史先生还有史坦威钢琴的主人朱老师，我想，从任何角度来看，这些印象都不是大多数外地人所认识的台湾。

　　不过对我来说，这些东西像某种独特的气味，一层一层地把我包围。在九份的这一个星期，通过至今为止我尚无法理解的"光合作用"，我的身体开始吸收起这些气味，慢慢，慢慢，最终一发不可收拾地将其彻彻底底地融入我的血液之中，深深，深深地渗至我的骨髓里。

　　于是我确切地知道，我们将结束台北的生活，踏向下一个旅居的城市。

清晨醒来看云卷云舒，山顶气势磅礴

# 威海——

## 如果豆豆在海边苏醒

海浪很大，用力地冲击着海岸，泡沫堆满整个沙滩

# 漂浮的季节 　　　　　　　　　（上）

零六年年尾，工作的事情终于告一段落，我和妻迫不及待地想离开上海，在春节前找到下一个居住城市。我们最后确定了威海，山东的一座海滨小城市，市里人口才五十多万，比剩下的小虎队歌迷还少。

我是个相当喜欢海的人。

就像有些人一到了铺着柔软被子和摆着白葡萄酒冰桶的五星级酒店就能完全放松下来，有些人坐在福特野马的跑车上狂踩油门反而能享受宁静，有些人一周七天必须每晚和不同的女孩子约会才能感到充实，而我是个只要看到海，听到海声，就会立刻长长吁出一口气的人。

似乎再也没有什么事情需要担心的了，时间就此停止，或者说干脆就此终止也不见得会坏到哪里去。

在纽约读书的时候，和朋友去Jones Beach烧烤，带女孩子去看日出，晒臭鸡腿坐在木堤上抓螃蟹，借小船去杰佛森港钓比目鱼，除了打篮球和打游戏机，我所有的兴趣爱好几乎都和海有关。说不上为什么，总之一到海边，整个人都会和往常不同，存在感会变得很模糊，平常生活中所谓的目的性和自主性"啾"的一声变成干瘪的气球，有点"怎样都是微不足道"的轻松感。

如同一个"哒哒哒"运转了整个夏季的旧式空调，在秋天第一场冷空气到来时被关掉的样子，除了噪音，其实应该还有其他的某些东西随风而去了。

好吧，硬要人去想像自己是个空调，未免有些过分，还是来说说威海的海，以及我家楼下那片很棒的海滩。

真是非常非常棒的沙滩哦！

威海市虽然两面环海，但其实真正能晒太阳游泳的海滩并不多，叫得上名字的有金海湾、葡萄滩和我住所附近的国际海水浴场。

平常开着车子绕环海路看风景的时候，经常会经过金海湾，那是一片尚在开发的海滩，周围有许多建好或在建的公寓，几乎没有人居住。海滩在一个U形的海湾口，比较煞风景的是边上有一个废弃的排水口，以及时不时会停靠几艘黑乎乎的渔船。葡萄滩则更靠近市区，从财富广场的统一路穿过隧道就到了，也是三个海滩中最糟糕的，好好的沙滩每间隔十几米就有一排排水管哗哗地排着污水，形成一个个水塘。另外周遭经常有工人在动工，加上来往车辆不断，叫人完全无法安安静静躺下来，当然你说柴油机的味道和汽车喇叭声能让你安然入眠，那我真无话可说。

相比之下，国际海水浴场则是一个绝对称得上地道的度假海滩，长约三公里的沙滩又细又软（在北方算是难能可贵了），沙滩边是人工种植的树林和木质小道，边上一条小清新的柏油路，面对着沿街而造的旅馆、大排档和商店。

"干净！"这是这片海滩给你第一个印象，也是最美的印象。

和南方的海不同（尤其去过马尔代夫、普吉岛、加勒比海这些赤道附近的海滩游客来说），威海的海比较粗，没那么细腻。

比如颜色上，没有清澈见底长满珊瑚礁的碧绿色，也没有洁白如雪的细沙滩。海面更不会平静如镜。如果每年都去南方捧着椰子，挖着凤梨，戴着花环和晒成古铜色皮肤的大眼睛姑娘一起扑腾扑腾坐香蕉船，那么你也许会嫌威海的海太过朴实无华。海水的能见度不到一米，椰子树和吊床一概没有，坐着看书时太阳伞随时会被突如其来的海风吹倒，到处都找不到可口的

Mai Tai和瑞奇·马丁的音乐，穿着比基尼皮肤白皙的北方姑娘从来不会主动上前打招呼。

这么说来，确实伤脑筋，用"热辣辣的夏威夷风情"去衡量海滩，这片国际海水浴场估计没有一样拿得出手。幸好海滩这种东西并没有"必须得这样才能……"的潜规则，某些时间、空间以及周边元素一旦调配得恰到好处，那么它们结合所产生的化学反应足以带给人们美妙的感受。

和她面对面一起生活了一年半，我个人认为，若是想找一片不浓烈、不张扬、只是淡淡君子之交的海滩，只是在你听芭芭拉·史翠珊的《The Way We Were》时陪你哼几句旋律的海滩，只是抱着豆豆一起等天亮的海滩，这里肯定是上上之选。

对了，忘了介绍我们家的新成员，一只八个月大的金毛寻回犬，去年在上海工作的时候问隔壁邻居要的。毛茸茸的爪子厚实的大耳朵光秃秃的小尾巴以及金毛标志性的憨厚眼神。它几乎是在妻的臂弯里慢慢长大的。妻宠它宠得不得了，老说只要看着豆豆傻乎乎的样子，就算同时发现我上厕所又不翻马桶盖，也没办法生气。

威海的颜色深沉，属于宝石蓝，浅海的地方稍微绿些，但也是略带灰色的蓝绿，并不鲜艳。

冬天的时候风浪极大，把浅海地区的沙全卷了上来，会变成土黄色，有点类似上海黄浦江的颜色。此时天上若有大块的云，会把黑色的阴影投在海面上，远远看去几乎成了一块块光秃秃的泥丘。

我和妻都顶顶喜欢这里冬天的海。

其一是她的壮观，几米高的大浪一个接一个，把原本属于沙滩的地方统统淹没，想到夏天曾躺在那里看书晒太阳，感觉上像分别处在两块被硬生生撕掉的时空里。大浪通常也伴着大风，尤其到了夜晚更不得了，我们的卧室有一面是整排对着海的落地窗，不拉窗帘就躺在床上的话，几乎会以为被卷进了电影《完美风暴》的海难里。

其二是海边的雪，记得十二月的某天，沿着木板小路跑步，天空突然下起大雪，海滩在刹那间变得不一样，绿地、沙滩和海浪在雪花中极富层次感，却又没有一点真实感。如同电影《美梦成真》里罗宾·威廉姆斯从妻子画里苏醒过来的样子一般，无法思考，无法形容，只有用身体的感官慢慢去适应，但又怀着说不出来的感动。

其三就是公寓的地暖了，说起来这跟海似乎毫无关系。可是你有没有在某天下大暴雨的时候，坐在自己家的窗台看着室外猛烈飘摆的雨势和灰沉沉的天空，感到无比的舒适？心理学上称之为Joey Tribbiani现象，一种寻求安全感的自我慰藉。类似一个叫Joey Tribbiani的蹩脚演员买了块流水的玻璃仿造下雨的窗户的情景。好吧，以上是我瞎掰的，如果你看过《Friends》肥皂剧的话。

不过听着呼啸的海风把阳台门窗打得咚咚直响，远处海浪排山倒海般地涌上岸，大雪把周遭染成白色，这时候与妻，与豆豆一起，穿着短裤衩坐在地板上玩耍，累了喝口冰镇金橘柠檬，这样温暖的日子就不得不归功于公寓里地暖的设施了。

夏日傍晚暴雨过后，地上的水渍倒出
家的影子，夕阳渐渐沉入海平线

# 漂浮的季节 （下）

**过**了冬天后，海面会渐渐平静下来，说渐渐其实也用了不少时日。威海是个四季鲜明的地方，不像南方，春天和秋天跟迈克·杰克逊的鼻子似的下几场雨就不见了。这时候的海水依然非常冷，海风时不时地呼啸一阵，但总体上你会有种窗外某些东西正在渐渐地变化的感觉，然后随着时间的推移，这种感觉逐渐变成了期待。

首先是植物，去过或住在北方的人都知道，大多数植物在冬天的时候都是光秃秃的，草地也荒芜一片，即使有四季常青的植物，北风肆虐的时候一样垂头丧气愁眉苦脸。可是一到春天，生机简直就像80年代的香港电影一样喷涌而出，几乎每过一个夜晚，从阳台往下望的时候，海边的草地就又绿了满满的一大片，叫不上名字的树竞相伸展着枝叶，跟《喜羊羊与灰太狼》中村长慢羊羊的头发一模一样。

于是海边顿时就有了活力，那种真实得可以在疲倦的时候直接用手捧一把抹在脸上提神的活力。

另外天黑后，你可以看到大海的尽头，开始闪烁着一点一点的光。和冷冰冰的星光不同，那些光充满了生活的气息，是渔民们开始出海捕鱼了。

从陆地望去，感觉渔船就在触手可及的地方，仿佛换上泳裤，往海里一奔，张开双臂就能游到的地步。那是因为那些略带幽黄的灯光过于温暖的关系罢了，稍后我才知道，这些渔船一出海就是三四天，一个星期的都有，离岸边少说也有二三十公里以上。

然后每天清晨，大约六点左右，会听到遥远的海边传来洪亮的叫声，至今我也不知道那是什么，但每年威海的春天都会有。"啊哎……啊

和朋友一起在海边玩帆船

哎……", 和刀郎在《艾里莆与赛乃姆》副歌部分飙到最高时的调子很像。我是个习惯睡懒觉的人, 和妻经常一两点睡下去早上十点多才起床。可是只要有"啊哎……啊哎……"的早上, 无论如何我也会醒来, 侧卧在床上, 安安静静地看着窗外的海, 那声音几乎和海浪在同一个节拍上, 和着蔓延开去的绿色, 春的气息几乎像急驶的列车迎面而来。

开始感觉到阳光不再温吞吞暖洋洋的时候一般从五月中旬开始, 虽说夜晚还会感到冷意, 不过中午到下午的那段时间, 已经足以让你跑步或打球时汗流浃背了。妻一般会在这个时候开始抹起防晒霜, 豆豆一跑到沙滩就直扑到海里去了。即使如此, 到一般人能下海的日子至少还有一个月。

当地人说, 海对气候的反应, 比陆地要慢很多, 比如六月份威海中午的平均温度已经超过25度, 可是当你赤着脚试图蹚下海水, 依旧凉得能让你龇牙咧嘴。一直要到七月开始, 海水才渐渐变暖, 你不会直接从海水中感受到这些, 而是看到沙滩上的人日渐增多, 直到塞满了整片海滩, 让人不禁担心这里的沙滩会不会突然陷下去，于是你清楚地知道是时候脱掉上衣去海里扑腾了。

从可以让我家的金毛猎犬随处撒野的日子，到想找块能够插上太阳伞躺下看书的地方都很困难的日子，相差不过二十来天。这足以证明中国的旅游大军对于季节和温度的敏感性。

可那人真是多得不得了唉，居然在浅海区游泳随时随地会被别人踢翻，或者游向较深的海域时要一路说"借过，对不起让一让"，这样的拥挤让人大伤脑筋。

于是为了躲避下午的人潮高峰，我和妻开始把去海滩游泳晒太阳的时间提前到中午十二点。那时候全国各地远道而来的游客还在被旅行公司打包塞在旅游大巴上或者押解在商场买土特产。我们俩把60元一把的太阳伞扛上，沙滩椅，毛巾，还有装满水果与啤酒的保温冰箱准备妥当，牵着豆豆穿着拖鞋啪嗒啪嗒地出发。

没有拥挤的人潮，夏天在这片海滩休闲还是非常惬意的。

先陪豆豆在海里玩上半小时，通常都是扔矿泉水瓶出去再让它捡回来。海上十几米远的距离对它来说仿佛刘翔在草坪上散步一样，偶尔海面会起一些碎浪，豆豆浮沉在其中也丝毫不觉费力，这真不得不佩服金毛猎犬的游泳能力，换作妻的话三厘米高的浪花就能让她跳到我背上箍得我喘不过气来。

舒展了筋骨后，我和妻躺在太阳伞下休息，妻读亦舒的小说我看村上春树的游记。同时我们从保温冰箱里拿出沁凉的科罗娜，妻把切好的柠檬片放进瓶口。个人觉得，加柠檬片的冰镇科罗娜是最适合在海边喝的啤酒，柠檬汁淡淡的酸味和清香，此时一口气咕噜咕噜灌下半瓶，抬起头吸一口咸咸的海风，就算全世界除了海滩和啤酒，其他所有东西都立刻被太阳蒸发掉也没关系，就是如此爽快的地步。

休息半小时后，我们会在水里再泡一会，我独自沿着海岸线游上一个来回，妻努力学习我教的蛙式和豆豆教的狗爬式。等游客逐渐增多后我们便回去，洗个澡换一身衣服，妻可能会睡个午觉，我继续坐在阳台看书。

　　黄昏时晴朗的话（除了夏季，威海经常被灰蒙蒙的雾气包裹），可以看到相当漂亮的夕阳，像有人把所有暖暖的色彩都泼洒到天空上去似的，我和妻站在阳台上安静看着，豆豆有时也会把前爪搭在栏杆上，一幅"我对晚霞也是有很多绵绵的思绪哦"的样子。当然过不了多久它就会把注意力放在楼下沙滩还未散去的人潮上。

　　"好多五颜六色的鸭子啊。"妻摸着豆豆的方脑袋逗它玩。

　　这样的夏季一般会延续到九月底，中旬的时候会下好几天的暴雨，雨势大得让人有一头钻进海里躲起来的冲动。此起彼伏的雷鸣，夜晚躺在卧室拉开窗帘，无边无际的黑幕被无休无止的闪电划破，与此同时所谓的现实几乎没来得及吭一声就被狠狠冲走。

　　拿把大扫帚把世界某个角落打扫干净，留下的大概就是这样一片角落吧。妻和我常会如此感慨，豆豆则一如既往地坐在我们脚边望着远方。

　　威海的夏天在国庆那天会达到最后一个高峰，跟节气、温度、油价及奥运会毫不相干，总之过了十一长假，海滩上的游客简直就像约好似的齐齐撤离。紧接着前一个星期还客满的临海旅店、餐馆纷纷关上了铁门，就算是我们的住宅小区，除了物业保安也很难再见到几个房客了。

　　取而代之的是浓郁的海水味道，仿佛蛰伏了很久似的卷土重来，夹杂着逐渐凌厉的海风吹得我们阳台和卧室的窗户嗡嗡作响，空旷的简直可以用来拍摄《荒岛余生》续集的无人海滩。这一切都宣告着秋天的正式到来，妻会兴奋地拉着豆豆下楼，终于可以不拴狗链撒腿狂奔了，我会在午后才换上泳裤，终于可以肆无忌惮在水里扑腾了。

　　秋天下海听起来好像挺需要勇气，告诉你一个秘密，虽然室外温度有些凉，但海水却暖和得很，这跟初夏气温升高却不能游泳是一个道理，说白了就是海水这家伙有些后知后觉，当然如果你只是想戴着墨镜趴在沙滩上晒日光浴的话，那就另当别论了。

　　由于没人的关系，我们也就不怎么注意豆豆的行踪，经常它一个转身就不见了，然后在离沙滩好几十米远的地方看到它的大脑袋，衔着渔民遗弃的浮球或者塑料瓶什么的朝我们游回来。妻会把豆豆捡回来的东西重新扔回海里，"嗖"，一个优雅的下水姿势和一个不太美观的大水花，前者当然是我，后面那个才是豆豆。

一家人在冬天的海边留念，那日阳光甚好，风声海浪声掩盖了其他一切声音

国庆后再过大半个月，在近乎后院私人海滩游泳的日子正式结束。西北风把国际海水浴场周边所有的草坪都吹成了蜡黄色，妻拿出长袖长裤和绒线帽，去供暖局交了冬天的暖气费。一周岁的豆豆散步时不再闷着头就往海里跳了，开始学习怎样有效地控制尿量来占领地盘。

一切归于平静，如同参加完一个漫长而又精彩的节日盛会，如同看完吴宇森乒乒乓乓枪战片后走出影院，海归海沙归沙，闹归闹宅归宅，尿尿归豆豆，工资单归妻子。

拉上窗帘，入睡时我们可以听到越来越厚重的海浪声，在越来越肆无忌惮的大风中演奏着她独有的旋律，妻把厚被子卷走——

"我要冬眠啦！"她说。

# 齐鲁之风 （上）

由于突发的工作原因，离开台湾后我们在上海居住了九个月，工作量很少，但不能随随便便离开。

买车的念头很早就有，中国是个非常大的国家，像我们这样只在一个地方住上一年半载，然后提着各种家当再搬到上千公里外的生活，没有车着实不方便。刚开始旅居时和妻都轻松地以为学着电影《爱在黎明破晓时》里的伊桑·霍克，背着行李包甩一句"I just wanna keep talking"就可以很浪漫地开始轻松旅程。结果第一次搬家去青岛就被彻底颠覆，两个人带着锅碗瓢盆一共四个大箱子和七八个手提袋走出机场，焦急地考虑如何在陌生的城市迅速找到满意的住所，那种又累又烦躁又不知所措的沮丧心情无可奈何地瞬间浮在彼此脸上。

于是我们一到上海，就计划买车。每个月一部分工资固定存到独立的银行账户，妻去存钱的时候眉开眼笑：这个月又多了一个轮胎哦，方向盘有着落了，螺丝钉齐啦，就这样过年的时候凑了十来万，买了我挑选了近半年的长城哈弗。

选哈弗的原因很简单，便宜，用料扎实，比较安全耐撞，有四驱可选。下单前我曾在一个越野车论坛上咨询，当时那个网站聚集了全国很多专业越野人，讨论各种越野车的性能和越野技术。虽然我们买车完全没打算刻意开到烂泥地或者沼泽里去，不过正如《武林外传》里无双小姐说的，人在江湖飘啊，哪有不挨刀啊，中国公路网建设的时间不长，若到处旅行的话，四驱及高底盘总是有备无患（之后确实在一次短途旅行时被车载导航指到一条比张曼玉的感情道路还曲折离奇的山沟沟里，虽然我也不清楚是该埋怨千变万

爸爸，快走，聚会开始了，越野大会

化的路政还是埋怨导航的智能）。

买了车之后，我还会经常上论坛，分享些新车经验，聊聊天南海北。在上海的时候我加入的是上海分队，到了威海自然转到山东分队。即使是虚拟的网络，感觉风气还是转变巨大，山东汉子有啥说啥没啥喝酒的个性仅在文字上也显露无遗。

如果你问我个人感觉，单以越野来说，我更倾向山东分队的车友们：叼着廉价烟亮着晒得黝黑的皮肤，左手扶着车窗有节奏地打着好汉歌的拍子，右手紧紧握着方向盘，穿过复杂地形后下了车却一言不发，咕噜噜地灌一瓶青岛啤酒。就是这样痛快的感觉。而上海的车友更适合开着高档越野车，外形改装得帅气无比，戴着阿玛尼的墨镜三五辆车往知名的越野路段走一圈，再纷纷牵着时尚副驾女孩去当地最地道的农家乐点最贵的野味，后备箱搬出整箱法国红酒。前者纯粹喜欢越野，后者更能享受生活。

住在威海的时候，我们参加过一次山东分队的活动，活动说明上写着属于轻度的越野休闲，仗着好歹也是四驱，我们报了名。其实是想认识些地道的威海人，我们住的公寓太接近旅游景点，又是郊区，平常很难找到与当地人接触的机会。

按照预订的安排，早上七点整在文化西路靠近烟威高速方向集合。这里说句题外话，没来过威海的人，尤其是驾驶员，下了高速驶上文化西路（或者世昌大道），一定会对宽敞的八线大道（加上两边自行车道应该是十条）大吃一惊。除非上下班高峰期，大道上空旷得可怕，这么说吧，会让你有挂倒车挡开S型的冲动。

准时到了集合点，一整排越野车已经在路肩处排成直线，二三十辆的样子，还有陆续赶来的车辆。负责活动的老马三十开外，一米八左右的个头，微胖，有个小啤酒肚，穿皱巴巴的绿色军衣，两条淡眉配炯炯有神的大眼，脑袋剃得油光发亮，走起路来两肋生风，嗓门不大，但低沉有力，即使才刚过五月，他却已经满头冒汗。妻说只要他换一身古装，立马便成为武侠小说里抢秘籍或仙丹时必然会出现的群雄之一。

彼此打了招呼，得知我们只是跟队观摩，不参加越野，老马就替我们安排车位，并塞给我们一个对讲机："欢迎上海的兄弟来威海，有事叫我。"他指指对讲机，咧开大嘴笑了笑，便继续处理其他事情去了。

干脆，也直截了当地把我俩扔在了车队之中。

等待出发的时候我们后车的车主上来跟我们搭话，是一对年轻的情侣，从济南来，开本田CRV。

"刚好这里的朋友参加，我们就一起跟着来看看。"

"我们也是第一次。"我说。

"一会下场玩吗？"男的扬了扬眉问，女的挽着他的手臂一脸兴奋。

"恐怕不行，"我挠了挠头，"我根本不懂越野技术，纯粹是来打酱油的。"

"哈哈，没事，他们都是高手。"两人说笑着各点了支烟，靠在我们的车身聊了会儿天，没多久老马的声音从对讲机那传来："兄弟们各就各位，准备出发。"

两人走回自己的车，本田发动机明显比我们的老式4G64发动机轻柔顺畅许多，隔着车窗看到男的举着对讲机，似乎让我们通过它联络。

"得，"我对妻说："看来必须得先学学怎么使用这家伙。"

# 齐鲁之风 （下）

**据**老马说我们今天去两个场地，第一个是文登的某座小山，第二个是附近的一个废弃矿场。清晨七点半众多辆越野车浩浩荡荡地驶上烟威高速，其中各种极限改装过的北京吉普占了绝大多数。

两个小时后我们抵达了目的地，然后穿过一个小村庄，唯一的道路被庞大的车队弄得尘土飞扬，继续沿着农田的间隙小路进山，此时老马开始提醒大家挂上四驱，泥泞的车道不仅窄，而且崎岖不平。

最后一程是轻微的陡坡，不像修建的山路，倒像这些越野车队经年累月碾出来的线路，笔直地上坡，山顶则是一个不规则的大坪顶。

对讲机中传来频繁的对话，好像是在安排接下来怎么玩，我俩听不懂威海话，但气氛相当热烈。

不是炫耀，十六岁我就有了驾照，并且天天开着那辆八二年的老雅格上学，十五年来只有两年没开车，论经验当算丰富，甚至一度为不眠不休花二十多小时从纽约开至佛罗里达而洋洋得意。然而接下来的两个小时，使我这个越野门外汉，彻头彻尾改变了对于开车的概念，不，应该说是对"车"的概念。其冲击力大致如同得知每天早饭吃的豆腐乳真正的用途竟然是海尔电器标志的染料如此这般不可思议。

只见那些改装过的北京吉普（偶尔夹杂着几辆短版陆风和帕杰罗），先是在一个大沙坑里优哉游哉地转上几圈。当我们还在轻松地喝着可乐，与后车那对情侣自以为是地谈论每辆车的改装和样式时，突然就看到这些车辆接二连三地顺着一条约有四十度以上的斜坡冲向一个山谷，紧接着发动机隆隆的轰鸣声此起彼伏，那辆改装得几乎面目全非的帕杰罗率先碾压着一米多高的杂草爬至山顶。

我目测了一下，大约是个十五米高、四十五度的山坡，之所以用"爬"这个字眼，是因为即使这辆专用改装越野车，在最后的几米也是喘着气艰难地驶到山顶。有几次轮胎摇摇晃晃地打滑，叫一旁看的人紧张地屏住气息，生怕轻微的动作都会影响到车辆的性能。好不容易车子发出刺耳的尖啸声把四个轮胎统统越过山坡，所有人都情不自禁地鼓起掌来。

只不过，或者说实在没想到，这竟然是整场活动唯一的、仅有的一次成功范例。之后的十几辆越野车，孜孜不倦地尝试着翻越这座坡，有精神抖擞地冲到一半口吐白沫，哦不，尾冒黑烟的，也有信心百倍上了几米就动弹不得的。有一辆在经过无数次尝试后，帕杰罗的驾驶员（其实就是老马）亲自代替车主尝试，结果眼见几乎就要到坡顶的刹那，在还有一个车身的距离停了下来，调整了几秒后突然听到怪异的齿轮声，然后整个车像说"抱歉我真的没有办法了"便毫无气息地休克在那里。车主徒步上来和老马笑嘻嘻地研究了半天，似乎在交流失败经验，说完叫了几个人合力把车推下山谷，并当场开始检修。还有一辆更要命，车主大概想自己勘探一条上坡的路线，特意驶向山谷的边缘，然后一脚油门到底，连半个轮胎都没上坡就听到砰的一声巨响，车头的保险杠弯曲得不成样子了，敢情直接撞到了石头或是树墩。

在接连不断的视觉冲击下，老实说我和妻的投入程度肯定不比坡下的各路好汉少，每一辆冲坡的车子我们都不停祈祷，熄火或卡住或直接倒着滑下去的时候我们就跟着叹气，发表些比菜鸟还不靠谱的意见，幸亏没人听得到，否则很有可能直接把我们的车埋在山坡当路垫。

过了正午，老马开始指挥山谷折腾半天的车手们集合撤退，大家彼此击掌鼓励，没有人愁眉苦脸，当然鼻青眼肿的越野车们另当别论。

午饭自行解决，我们带了几个馅饼，胡乱吃了点，就听到集合口令，所有车辆一起原路返回，令人惊讶的是之前的车居然全部恢复了元气，不得不佩服老马他们的检修能力。

下一个目的地在威海市附近，从一条干干净净的省道上急转进入，堆满乱石的大矿场像另外一个星球的某个陨石坑一样出现在面前，蜿蜒连绵的车队小心翼翼地驶过，老马和几个领头人不停地通过对讲机提醒大家前方的路况，仿佛侦查这处遗迹的先遣部队。

车队依序停在矿场中央的一个水坑边，这应该是日积月累的雨水形成的水洼，直径约20米。你猜得没错，不一会又是一阵阵发动机的轰鸣，一辆接着一辆的越野车一头扎进水里，溅起如同瀑布般的黑水花。水洼最深处几乎没至车窗，必须猛踩油门迅速通过，然后跌跌撞撞地穿越到对岸。

和之前冲坡的结果不同，涉水的成绩相当不错，每一辆都顺利通过，就算偶尔出现陷胎的状况，几个人一起测量调整一下便解决问题。以至于我们后车的那对年轻情侣颇有点跃跃欲试的样子。

"我准备下场去玩玩，要不要一起？"男的兴致勃勃问我。

我摇摇头，在这些专业改装越野车面前，我们的车没在乱石路上爆胎已经算是奇迹了。

于是他俩稍作准备，便摇摇摆摆地加速冲了过去，两排水花如双翼般伸展，接着在最深处打滑，排气管呼啦啦地冒出一串气泡，后胎飞速地空转，数秒后引擎毫无悬念地熄火，车身呈杠杆状倒插在水里，整个过程一气呵成，说畅快之至也未尝不可。

两人从车窗狼狈地钻出来的时候，我想这次涉水应该算失败了。也许是技术不过关，也许是改装的问题，不过要我说把本田CRV这类型的车拿去极限越野，就像让刘若英去死亡金属乐队表演现场唱栀子花那样格格不入。

不到五分钟，右侧一处人工楼梯（大约六七十阶）尽头，一辆淡绿色的六轮大卡车吭吭吭吭地驶来，如碾豆腐般穿过乱石路轰隆隆地停在水洼边，像出现在美式英雄主义电影里的镜头一样，老马顶着光头帅气无比地下车，卷起袖子用钢索连上浸在泥水里的本田CRV，仿佛当年克林顿总统竞选连任般毫不费力地就把本田车拖回岸上。

膝盖以下湿透的那对情侣对着我们做个鬼脸，其他人则热烈地讨论起六轮卡车强劲的越野救援能力，说回来，这巨大的玩意老马同志到底是从哪里弄来的？此时此刻我和妻对于"开车"的认知早已经支离破碎。

现场的气氛在六轮卡车的到来后升至顶点，再加上老马变戏法似地从后车厢中取出了大量的啤酒、肉串和烤架，四五十个车友支起几个大帐篷，分成几伙大吃大喝起来。大多数人会在这里露营一晚，我因为要开车回去，只能象征性地与大家碰杯。

年轻情侣换了身衣服在帮忙烤匀，似乎早就忘记了旁边那辆沮丧的还湿漉漉的本田车。啤酒和志同道合的朋友是这些威海汉子们最重要的两样东西，除此之外都是废铜烂铁，这句话写在这场越野盛宴的尾声再恰当不过了。

可是我想我还算不上他们中的一员，我也无法跟他们一样捣鼓我们的哈弗车，他们灌着大量啤酒，大声唱歌聊天的时候我和妻只能在外围保持微笑。但这并不能阻止我毫无保留地喜爱他们，在这群人的身边你能感受到某种清爽明快的空气在流动，齐鲁之风，和那一辆辆满身泥泞的车身一样，粗犷豪迈。

独自开车回威海的时候，夕阳西下，海岸线映着一块如同斑驳的蜜蜡般的天空在我们视野中一路向远方延伸。妻长长地伸了个懒腰："好想好想畅快地喝一扎啤酒，吃一顿烤肉呀！"她说。我想，我也一样。

# 韩式料理

也许你和我一样，在某个商场或者餐馆偶尔听到别人聊天：威海是离韩国最近的港口城市，坐船一个晚上就能抵达。

事实上我在去威海之前就做了不少功课，比如烟台威海一带有不少温泉，尤其威海几乎到了随便挖个洞都有可能挖到泉眼的地步；比如威海市有很多韩国人，地道的韩国餐馆比比皆是；比如威海海水清澈见底，随处可见俄罗斯美女晒着日光浴。

去威海的路上曾给妻描绘了一幅美丽的生活蓝图，对着大海蓝天的卧室，随时可以吃到的韩式佳肴，下雪天坐在鹅卵石搭成的温泉池仰望星空，沙滩上热情大胆的南海姑娘少之又少，妻听了之后表示非常满意。

其实除了温泉和俄罗斯美女，其他的还真是那么回事（唉，说可惜也真可惜）。

既然提到温泉，容我稍微跑题几句，话说网络上介绍的遍地温泉，随处打个洞也能挖到泉眼是否属实我没法证实，不过市里真有不少温泉浴室的牌子。然而绝大多数，说全部也可以，都是些由里到外确实就像随便挖个洞围堵墙就开始卖票洗澡的地方。

回到正题，韩国餐可不像温泉和俄罗斯美女那样不靠谱，从我们抵达威海的第一个星期，到我们离开的最后一天，我和妻都爱死了这个小城的韩国美食。

用一句话概括：和妻旅居过那么多城镇，单以韩餐而论，至今我们还没找到更好的地方。

先说说韩乌冬，位于离我们居住小区最近的超市旁，这是我们安顿下来

在威海能吃到最正宗的石锅拌饭

的第一天买菜时发现的。

这是一家在大城市里几乎都不能称作餐馆的韩式乌冬面馆，进门后九张餐桌一览无遗，六张配着普通椅子，另外三张略大的摆在需要脱鞋席地而坐的木质地板上。

算面积的话，大概就是国美电器电饭煲选购专柜的大小。另外菜单上连主食算上一共不超过十五款，五款包饭（寿司），其他就是面、饭、年糕。

进门的第一感觉是干净，店铺虽小但整理得井井有条，没有满地的烟头，没有留着长指甲端盘子的服务生，没有黑不溜秋油腻腻的餐具。当然这一点几乎体现在所有的韩国餐馆上。

韩乌冬的特色是乌冬面，这好像是一句废话，可是你要是第一次吃他们家的面的话，十之八九你会重复我说的那句废话。

堪称了不起的乌冬面。

首先是汤，一点点味噌，几片海带和两段洋葱，不知厨房里那几个阿婆是怎么调出如此鲜美丰厚的味道，很多时候即使不点汤面，我也会特别要求服务员给我先盛一小碗汤。

妻信誓旦旦地说汤里一点味精都没放，我毫不怀疑，妻对味精的排斥简直就到了如同往嘴里塞豆豆眼屎的地步，我们家上一次买味精可能需要追溯到徐峥长头发的年代。那么这汤料到底怎么熬制的，这恐怕就是韩乌冬的镇店之秘诀了，以至于每次去吃面我都会对玻璃后绑着头巾切菜下面的阿婆们肃然起敬。

"喝一整碗也不会口干舌燥，回味又有些甜滋滋的汤我们再也找不到了。"离开威海后妻经常感叹。

除了汤之外就是面条的劲道，为了对比我们曾吃过无数家不同的乌冬面，甚至在日本旅游时也不忘寻找声名远扬的赞岐乌冬面，从太脆的到太软的，从黏糊糊的到硬邦邦的，从干巴巴的到嚼一嚼就能吹泡泡的（这是瞎掰的），总之咬劲如此恰到好处的乌冬面少之又少，能配上可以平起平坐汤料的则仅此一家。

不过真正让我和妻一致认为韩乌冬独一无二的，除了汤面，还有一样必不可少，就是店里赠送的一小碟泡菜。

大概五六片的样子，两个人几口就能消灭，后来跟店员熟了，每次都厚着脸皮要上五碟六碟。喜欢泡菜的大概都知道，每家的泡菜味道几乎都不同，甚至同一家的泡菜，这星期和上星期的不同，今天和昨天的不同，下午和上午的也能不同。原因是泡菜的腌制从配料、选材、酱料到时间都会影响其口感，这里面的深度堪比阳光、木桶、风味添加物对于喜欢葡萄酒的人的重要性，或者YouTube、Facebook对于习惯翻墙网友的痴迷情怀。

个人偏好关系，我大概不能说一定比你吃过的更好吃这类话，如果你有机会去威海小歇，碰巧又是泡菜爱好者的话，我强烈推荐你去试试看，一口泡菜，一口面，再一口汤，地道两个字会写在你脸上（这句话当做韩乌冬的广告词应该不错）。

在豆豆陪伴我们的那些日子里，我们家经常会有类似的对话：

我拉着豆豆的耳朵问妻：你喜欢我还是喜欢豆豆？

"都喜欢。"

"那么你喜欢豆豆还是喜欢韩乌冬的泡菜？"

"泡菜。"

"你喜欢我还是喜欢韩乌冬的泡菜？"

"泡菜。"

"除了韩乌冬的泡菜你是喜欢豆豆还是我？"

我把豆豆又肥又大的身体压在地板上，豆豆使劲地摇尾巴。

"还是泡菜。"

如果说韩乌冬属于小吃的话，韩国烧烤则占了韩式大餐中最具分量的一块了。离威海港口不远，也是当地著名的韩国城对面，有一片巷子，里面基本上清一色是韩国人开的店，绝大部分是做烧烤的。

发现那几条巷子是一次偶然的机会，网络上去过威海的游客纷纷推荐市中心的一家烧烤店，和妻抱着试一试的心态去吃了一顿，如你所知，一塌糊涂。拥挤不堪的人潮，贵得离谱的价格还有满脸"你最好点完菜就去付账回家"表情的服务员。

当下我们决定从周围再找找其他餐馆。

火星屋就是这样找到的，比韩乌冬大两倍的店面，两层楼，上二楼需要脱鞋，加上老板娘一共三名员工和两名厨师。选这家是因为被他们挂在门窗上的菜单吸引了，价格适中，而且有我喜欢的辣五花肉（话说回来，当时要不是实在饿得不行，也许会再逛逛，再怎么说一个烧烤店取这种名字，要没有特殊典故的话，就是这店老板的脑袋瓜被流星雨砸过）。

火星屋的烤肉到底好不好吃，写这篇文章的时候由于已经离开威海一阵子，有点想不起来，估计不难吃，但也没有到称得上经典的地步，不像韩乌冬般刻进了我们家旅居字典那么具有标志性。中规中矩的各式烤肉，分量给得不少，新鲜程度也刚好，性价比很高，大致如此。

值得一提的是火星屋的小菜，这也是之后我们只要想吃烤肉，必定会去火星屋的主要原因。

众所周知，韩式烧烤一般会免费送些小菜，比如泡菜、腌黄瓜、拌豆芽之类的，火星屋也不例外。区别是他们送的小菜又多又好吃，好几次我和妻纯粹冲着他们的酱蘑菇、蛋卷和大酱汤而去。久而久之老板娘似乎看出了端倪，每次我们一坐下，就亲自端上各式小菜，前五次估计有四五盘，后五次七八盘，到了所有服务员都认识我们的时候，索性厨房里有什么都一股脑儿地全列出来。这可把我和妻乐坏了，简直连只吃小菜不点主食的冲动都有。

我想可能跟生意清淡有关系，店面小不显眼，为了抓住回头客老板娘不惜血本，我和妻都是拿了贿赂必定给人办事的个性，双方简直就是一拍即合。

有几次白天进市区，特地去吃午饭，十元一碗的韩式烤牛肉汤面，加上小菜的分量多到连我家豆豆都要吐黄胆水的地步，真不知道该说老板娘什么好。

写到这可能会被人误解：这小子指不定因为几口免费的酱蟹

至今也不敢再提韩乌冬，怕妻碎碎念

肉和拌菠菜就开始替餐馆打广告了，天知道掺了多少水分，这年头把老牛腩当雪花牛排卖的馆子哪里都有。

可是抱歉，出自内心我真想替火星屋做做广告，然而这世界经常会有一些完全无法让人拿捏得准的事情，比如谁又能猜到自从圣诞节的一顿大餐后，我们就再也没见过火星屋了呢？过完元旦没几天，当我们经过火星屋时发现店面已经拆除，几个星期后被隔壁的一家烧烤店装修成他们的附加餐厅，我和妻才开始接受以后吃烤肉只能拥有三四盘小菜，十元一碗的烤牛肉面再也不能吃完还打包如此这般的残酷事实。

"说不定老板娘开餐馆的目的只不过是为了一场浮云。"我对妻说。

"说不定钱赚够了,坐船回韩国了。"妻说。

"汪,我的牛肉面呢?"豆豆说。

失去火星屋后的大半年,我和妻几乎吃遍了威海市的韩国餐馆,不过再也没有在同一家餐馆过多地流连,火星屋丰富的小菜及充满暗示性的存在居然充当起了某种评定标准:这家的萝卜太咸,这家的分量太少,这家的服务不亲切,这家的老板从不跟我们打招呼……

令人想念的菜肴还是有的,比如那家泡菜炖排骨,那家石锅拌饭,那家的烤羊排。不过已经不值得用文字记录下来了,都只是些穿肠而过的食物,并没有沁到心里面去的东西。

当然威海的韩式文化不仅仅只存在吃这一块上,只是除了吃饭之外我们并不热衷其他城市活动,衣服、电器都在网上购买,也不会去现代汽车试驾伊兰特,因此可能错过不少与当地人接触的机会。唯独还记得文化西路上洗衣店的小插曲,店是一对韩国夫妇开的,妻过冬的时候会把羽绒服拿去干洗。

有次取衣服的时候,店长一脸不好意思地用蹩脚的普通话跟我们打招呼:"衣服上有几个污渍洗了几次没洗干净,请再给我们两天时间,让我们试试。"

于是过了两天后,我们回去,店长苦着脸解释那几个污渍如何难洗,什么都试过了,实在是没办法,向我们道歉,看那情形简直想钻进干洗机里亲身示范了他才会善罢甘休,我和妻轮流着跟他说没关系。

其实就两个指甲盖大小,而且清洗得早就只剩下淡淡的印痕。

"换作上海我们家楼下那家洗衣店,不板着脸问我们收双倍价就谢天谢地了。"我对妻说。

就这样,威海的那些日子里我们接触了不少韩国人,在中国并不是人人都对他们有好感,事实上网络里有着相当多的人成天骂着韩国人。或许某

在威海能买到很多韩国玩意儿

些方面韩国人做的确实欠妥，但是关于普通人在普通生活中做事时那份责任心，却实实在在地把我们很多热血沸腾的爱国人士给比下去了，开餐馆也好，洗衣店也好，烤牛肉的咸淡也好。

而生活，除了口号以外，不都是普普通通的吗？

# 世界尽头的路 （上）

**威**海市区的格局，大致上是阿拉伯数字 7 的形状，拐角处为市中心环翠区，横的那块是我们所住的高区，竖的是经区，7 字内圈是陆地，外圈被大海包围。

如果我是导游的话，我会设计一条路线，从市中心临海的收回威海卫纪念碑开始，一路向北，沿着环海路直达我们家的国际海水浴场。这是一段约十几公里的路线，途经两个渔港、几处观海点，环山而建，紧挨着悬崖边临着黄海，甚至可以远眺环渤海的柏油公路。

不作停留，行程大概不超过半个小时，但是这样一来你将错过威海最美、最具代表性的一处风景，当然你要是为了追溯甲午战争的历史足迹而来，就另当别论。

我的建议是吃完午饭开始，把下午的时间全都安排在这条路线上，最后将买好的新鲜海鲜交给国际海水浴场边上的大排档厨师烹饪，绝对不虚此行。喜欢徒步的则可以起个大早，从浴场反方向朝东出发，没有雾的天气可以看到令人窒息的海上日出，最后在渔港拎着活鱼活虾坐七号公交车回来大快朵颐。

唯一遗憾的是这一路没有任何土特产公司，没有神秘兮兮的购物中心，没有票价与国际接轨、管理具有中国特色的 4A 景区，更没有人拉着你吃二十五元一盘的咱家炒鸡蛋，所以我依然当不了导游。

废话少说，趁着今天风和日丽，我们就从威海港北行，顺着东山路出发。

不用多久，你会看到第一个渔港，也是我们停留的第一站。渔港在一个类似公园广场的里面，名字我老叫不上来，大门口有一块线条仿佛两只海豚互相追逐般的金属雕塑，艺术感很强，创作者才华洋溢。

这个渔港下午两点后开放，渔船会陆续靠岸卸货，于是沿着码头的小摊位一字排开，到了四点后达到高峰，一艘艘小木船在码头与几十米外的捕鱼船之间来回穿梭，一篓筐一箩筐的鱼虾被搬上岸，其中绝大部分被等候在港边的市场老板、饭店伙计和加工厂采购员订走，突突突喘着气的小卡车在公园外轮流进出。

船夫的老婆和孩子则将剩余的海产品分类摆在各式塑料桶内，散客们排着队逐个选购，千万不要看到喜欢的立刻买下，你永远不知道下一条船运来的是不是你更想要的，然而也千万不要犹豫不决，错过一条好鱼，你可能会后悔两星期。

至于你怎么决定那是你的事，不瞒你说我们试过刚付了钱，隔壁渔船就运来好几只能让我们手里的螃蟹羞愧得咬舌自尽的大蟹，价钱只差十元；我们也试过看到一条罕见的金线大红鲷要价一百二，当时心疼没出手结果一整年没见过第二条，总之你自个儿看着办，跟看中超足球一样，肯定有幕后黑手老跟你过不去。

威海的海产品并不算丰富，更重要的是卖相也不怎么迷人，你要是拿着香港、新马泰之类的旅行手册，幻想着满地五颜六色千奇百怪的生猛海鲜，恐怕多半败兴而归。刚到威海的那阵子我也有些失望，虽说渔民摊位密密麻麻，货色却大同小异，鱼一般就是鲅鱼、海鲈鱼、比目鱼、小黄鱼和背脊带刺的黑鱼，两三种贝壳，普通的海虾、皮皮虾、海鳗和梭子蟹。

产量最大的非沙丁鱼和小虾米莫属，每艘渔船都能搬出几大桶，倾倒在港口边一堆连着一堆，跟一种长得异常光滑、肚子不成比例肿胀着的大肚鱼混在一起。

说起这种鱼，真是不知道该怎么形容才好，想像一下把餐馆里每天多余腐烂的动物内脏一股脑儿硬塞在一只气球里，然后还嫌不够滑腻似地抹上一层猪油，大致如此。对于想尝鲜的游客这是唯一一种你可能没见过的鱼，但

威海渔业发达，盛产各类海鲜

我很怀疑有多少来威海旅游的人有比雅兴。记得我曾问过一鱼摊大婶这鱼究竟是用来烹饪的还是拿去加工汽车轮胎的，大婶提起一条，满脸仿佛你吃吃看就知道什么是美味的样子，话还没说完，啪的一声从鱼的喉咙里掉出一团黏糊糊的小鱼，回头一看，那鱼肚子依然肿得跟什么似的。

说着说着有点跑题，其实虽然选择不多，但海味的新鲜程度远远不是普通超市水产部能比得上的。光壳就有两个巴掌大的螃蟹用姜葱爆炒，活蹦乱跳的黑鱼清蒸，肥硕的鲅鱼抹上调料放在烤箱里，大虾、鱿鱼和蛤蜊混着烧意大利面，这样的菜肴离开威海后妻也烧过不少次，可是单单用筷子夹一下就知道跟威海的相差不只百里千里，尤其是螃蟹，肉质的丰厚几乎就是咬一口上等雪花牛排和啃浴室毛巾的区别。

从码头采购完毕，继续启程，要不了多久东山路就到头了，这时候如果跟着大道直行就会绕回市里，而右手边有一条土路，路口挂着一块"别墅区"的牌子，我们需要转进去。

土路上行驶不超过两分钟，你会看到一片废墟，也就是所谓的别墅区。我猜这里原本应该是渔村，如今被推土机全部推倒准备建别墅，可惜住在威海近两年，废墟还是废墟，土路依然是土路，别墅区的牌子照样理直气壮地指引方向。

废墟的正对面是一个U字形浅海湾，海滩由拳头大小的石头组成，这里也是一个渔港，看起来比之前公园广场的规模更大，更古老。

渔民们大多把摊位设在海滩上，搬运工卷起裤脚蹚着海水把海鲜扛到岸上，刚从外海归来的渔船紧挨着停靠在不远处。如果把车开到海湾的两边，有两处充当临时停靠码头的水泥平台，从那里甚至可以直接走上一些渔船的甲板。

我想如果不是海边城市出生的人，应该很少如此近距离看过渔船，它们并不是想像中鸣着汽笛乘风破浪的光鲜模样，也没有浪尖上一叶孤舟独自漂泊的潇洒姿态。大多数渔船都像是由几块斑驳的铁皮包裹而成，六七米长，驾驶舱简陋不堪，印着船号的地方满是锈迹。

仔细聆听，起伏的海浪有节奏地打在一排排残破的船身上，夹杂着老旧金属摩擦时咿呀咿呀的伴奏，有些渔民提着水桶在冲洗甲板，偶尔还能传来一阵阵铁锅炒菜的声音。稍一走神，一种被定格在上个世纪某处停滞不前的时空中的错觉油然而生。

这里不妨引用一小段百度百科对威海的介绍：威海市历史悠久。据境内古文化遗址出土文物考证，早在新石器时代，就有人类在此生息繁衍。境内之远古历史，已经难考。

此地自古都只是一个小渔村，明代的时候才得名威海，清代方有威海卫城，李鸿章在刘公岛设立北洋水师之前，渔业应该是威海最传统的产业。

跟其他行业比较，当地很多渔民的生活条件并没有很大幅度的提升。从平台一眼望去，把船舱改成卧室，当做日常起居地的渔民大有人在，几张棉

海鸟低驰而过，海浪呼啸拍打悬崖，与平台的安静格格不入

被，一板硬床，瓦斯炉和锅碗瓢盆放在一侧，门窗明显有被风雨长年侵蚀过的痕迹。

　　或许他们在陆地上已经盖起了楼房，然而常年漂泊在海上工作，这小小一块方寸之地才是他们真正的庇护所，不难想像冬天冰冷刺骨的海风和夏天倾盆而至的暴雨，轻易穿过碎裂的玻璃渗进船舱的情景。如果你想了解威海

这个小城，除去追忆那些失去弹药外强中干的北洋军舰，除去阅读介绍手册上雄伟悲壮。令人热血沸腾的爱国故事，除去拍摄海景、庙宇道观和纪念馆，稍微花上几分钟的时间，坐在这个废墟海港边，数一数一共有多少条失去光泽的渔船，听一听渔民敲打冰块那单调而重复的声音，说不定能有另一种淡淡的情怀。

从某种意义上来看，这个渔村是威海最原始，也是最纯粹的时光缩影。

环海路上临着悬崖的免费麻将桌，定格的欢乐

# 世界尽头的路 （下）

**离**开渔村，前方的土路没多久就变成了干净又平整的柏油公路。虽说是公路，其实很少有车经过，无论你是从威海市中心往西行驶，还是村镇之间南北运输，走世昌大道、文化路或者各个隧道所需的时间远远比绕环海路要来的快。

因此大家都心照不宣地认定了环海路是一条观光大道。

威海市的东北两面都临海，但和东面经区的地势不同，北面被一片小山间隔，除非走隧道，否则并不与市区相通。这也造成了环海路独一无二的景致，一面是直上直下的山壁，一面是陡峭悬崖和一望无际的大海。我并不是一个喜欢宣扬政府功绩的人，然而环海路的整体建设，是在中国各城市里最值得我竖起大拇指的工程。

不过请别误会，它并不是劳师动众做得人尽皆知、得奖无数或者气势磅礴的工作，只是利用那里得天独厚的环境，巧妙地铺了一条精致、干净的路，安置了几处免费、供大家歇脚的观景点而已。

精致、干净、公共、免费的规划项目，仅此而已。

过了统一路的葡萄滩，接下来的十公里路是其中最精华的部分，山势的关系斜坡越来越多，而且每二三十米就有大弯。跟园林园景的设计不同，这里并没有三步一处景、十里不同天的格局。老实说就算把你转晕了，过弯后除了大海还是大海，什么若隐若现、欲说还休、犹抱琵琶半遮面一概没有，唯独存在于天地间的，仿佛只有蓝天白云和宛如世界尽头亘古存在的汪洋大海。

如果你严格按照我为你精心安排的威海半日游行程，算上之前闲逛两个渔港和途中的小打小闹，此时的你应该载着三只各一斤重的大螃蟹、一条新鲜的海鲈鱼和几袋贝壳，驾着车慢悠悠地沿着环海路兜风，时间大约是下午四点半到五点，不出意外的话，你将在最初的几个弯道上看到黄昏时第一缕金色的阳光。

就个人而言，我认为在环海路上观海景最佳的时机，莫过于夕阳西下的这两个小时。要是运气好，天空还会堆积起薄薄的一层云，随着一路上逐渐浓郁的色彩渐渐化作一幕晚霞，绵延着仿佛琴的余音一般绕到你的身后，又轻轻淡去。

这样的景色如果没有硕大的空间和远不可及的海平线作背景，恐怕是无论如何也体会不到的。

由于弯道的关系，黄昏时分的海面被分割成一块块不同的画面，崖壁是框架，镶在中间的是色彩绚丽的海面，变幻莫测的晚霞和斜阳在不同角度涂抹上极富张力的橘色。城市里生活的人被楼宇、噪音间隔着，可能不怎么留意，夕阳似舞，几乎每一刻都有着独特的、不可模仿的身段，世间万物在那时都一起作着陪衬。这种看似轻描淡写的景观往往在刹那间抹去你所有的认知和感性，如同迎面重重扑来的一次穿越。

而环海路的每一处弯道，都把这种震撼无止境地放大，宛如幻灯片一般向你展示着一幅幅令世间所有艺术大师都只能望而兴叹的作品，观赏的人除了紧紧屏住呼吸，别无他法。

此时此刻，把油门慢慢放开，将车停在某个观海点，顺着石阶兴步而下，沁凉的海风拂面而来，终于可以深深地吸一口气了，微咸，但通透全身。

环海路上大概有五到六个这样的观景点，一般都是在路边（靠海的那头）划一个半圈，可以停三四辆车，临着崖壁竖一排木栅栏，放几张石桌椅。在这里你很少看到拿着小红旗聒噪的导游，也没有密密麻麻戴着某某旅行社标志棒球帽的团队，每个观海点即使在高峰期，也就七八个人，几个山东大学或者哈工大的学生情侣，几个地地道道的威海市民，还有几个和你我一样的旅行者。

潮退，天空的金色云彩似一只展翅的凤凰，入袂轻风

　　与妻最喜欢的一处观景点，从环海路上看并不起眼，两个停车位，木栅栏被稀稀拉拉的植被遮掩。然而这里有一条直通山脚下礁石的小路，用花岗岩铺成的台阶，边上尽是嶙峋奇石堆砌而成的山崖。约五分钟的光景，你能走到一处延伸出去的礁石尖，那里有一个能容纳九个人同时打太极拳的四方小平台。

　　原地转一个圈，没有公路，没有行人，没有闪烁的霓虹灯，没有又吵又闹的湖南卫视偶像剧。厚实的海浪有节奏地拍击着脚下的礁石，溅起几米高的浪花，你仿佛以贴着海平面的角度看这满目流转的暮色，有些东西好像极遥远的海面一样起伏晃动着，渐渐传到你内心深处。我不知道那是什么，因为我的和你的不一样，每个人被动摇的东西都不一样。

　　平台的正中央摆着一张四方石桌，每边一张鼓状的石椅，黄昏的时候这里很少会有人来，你可以坐在椅子上，也可以躺在石桌上，看天，或者听海。其实不仅限黄昏，这块小天地在不同的时分都有着属于它自己的氛围，晴空万里的正午可用来享受阳光，清晨裹着薄雾散步来看朝阳，小雨绵绵的时候收起雨伞陪豆豆洗澡，或者搂着妻一起看漫天大雪，夜晚抬头繁星触手可及，大风的时候巨浪能让脚底轻颤，阿姨来威海的时候还加了一段：叫上你爸四个人在这桌子上边打麻将边看海，神仙日子。

　　游完小平台，走回环海路上的停车点，继续开着车前行。

　　如果把脚步放到最慢，把时间统统扔到海里，那么这时夕阳西沉的独舞应该也接近了尾声，往车后窗看，身后的天空会变成湛蓝色，与海面融为一体，无穷无尽。

　　我一般会在车里听Sting的《A Thousand Years》或者Boyz Ⅱ Men的《I Swear》，两曲重复播两遍大致就到环海路头了。有时候也会听周杰伦在《不能说的秘密》电影原声碟中那段大提琴曲，或者刘易斯·阿姆斯壮版本的《What A Wonderful World》，这两首曲子配合逐渐消逝的黄昏海景是再适合不过。一个人独自开车的话，张学友九三年专辑中的《旧情绵绵》，和《留住这时光》则最能点缀心情，打开车窗和初恋的回忆用力跟着唱。

当车子驶过长城饭店，经过山东大学校园后门，看到几盏酒店霓虹灯闪烁的时候，我们的目的地到了——国际海水浴场。把海鲜交给海滩边任何一家大排档都行，记得叮嘱他们烹饪时放葱、姜和料酒，那些大厨的水准一般都能叫食客捏一把汗，只是沿海看完夕阳后，除了我阿姨，还有谁会在乎呢？

再往前一点就是我们的家，这里唯一的新建公寓大厦，你也可以把海鲜交给我，妻的手艺可是那些排档大厨难以望其项背的。

在威海旅居的一年半，和妻几乎每周都会走一次环海路，尤其秋冬螃蟹肥硕的时候，即使走文化路可以缩短三分之二的时间。环海路的景色依旧每一次都能带给我们一些独特的、无法言语的东西，在心底中不断发芽，滋长。

朋友或亲戚来威海旅游时也必定带他们走一圈，在小平台那里歇脚，我们用照片和摄影机留下不少美丽的瞬间，帮北京朋友小峰拍摄的婚礼MV里也有那张石桌的场景。

说到这里，容我再插一句，拍摄的时候我就常想，中国类似这样的好山好水好城然不少，做成故事短片或者广告背景的素材肯定不成问题，成本也低得可以忽略。可是打开电视，铺天盖地的劣质制作数不胜数，磁带卡壳般重复着的严迪感冒药，雷死人不偿命的急支糖浆，力争最佳配音奖的金嗓子喉片，你要说那些编剧和制作都去打麻将了，那我也真是无话可说。

言归正传，在黄昏时从市区的海港沿着环海路慢慢驶向国际海水浴场，这样优哉游哉地消磨掉下午的三个小时，从某种意义上（至少是对我和妻来说），是感知威海这座小城最具代表性的方式。把黏贴在这座古城的近代历史、文化标签撕掉，把宣传口号般的各式奖项、功绩捏成一团，把跟风似的某某之最、ＸＸ第一等层层剥离，统统塞进那条胖肚鱼黏糊糊的肚子里，剩下的是大自然真正赋予威海的，说威海真正赋予大自然的也可以，它和包装过后的威海城相比毫不逊色。

海天一色，没有尽头。靠后一步是大海，靠前一步是爱人，太理想

　　当然这仅仅是从旅居者的观点出发，毕竟冲着李鸿章、邓世昌而来，或者冲着韩式美食人文而来，或者冲着投资房地产而来的一样大有人在。只是无论以什么出发点，当你来到威海后把喝酒、泡脚、夜总会、鱼翅、海参之类的稍稍延后，抽出半天的时间按我规划的试一试，走一走，我想你会更喜欢这座小城。

　　或者，能让这座小城更喜欢你。

# 1　写一个关于豆豆的故事

**夏**末的某个午后，我趴在书房午睡，妻带着豆豆去海边溜达，回来的时候匆匆忙忙把我推醒，一脸兴奋对我说："你知道我们五楼有人在拍电视剧吗？"

我睡眼惺忪地摇了摇头。

"刚才我牵着豆豆坐电梯回来的时候，碰巧遇到他们的副导演，你猜发生了什么？"

"催我们缴煤气费了？"我开玩笑道。

"别瞎说，他是看到我们豆豆，一个劲地说长得帅气，问我们能不能借给他们摄制组客串两集。"

"哇，豆豆要当演员了？"

"是啊是啊，了不起的豆豆。"妻边说边抱着豆豆结实的脖子，把脸贴着豆豆的方脑袋上又磨又蹭。豆豆则吐着舌头摇着尾巴，一副"是金子那么发光是迟早的事嘛"的神情，好不得意。

借此机会让我好好介绍下我们家的第三位成员，一只叫豆豆的金毛寻回犬。

从上海邻居家抱回来的时候，豆豆才一个多月，全身披着又软又密的淡金色绒毛，小小的鼻子像一粒装饰用的黑纽扣，一排细细软软的乳牙，粉红色的小舌头总喜欢吐一截在外面，一对仿佛睡不醒的小眼睛，长长的睫毛如精致的扇子般整齐。

小时候的豆豆有些婴儿肥，圆滚滚的脑袋和胖乎乎的屁股，四肢勉强能够撑着身体，走不了多远就像说差不多该休息了，然后一团厚抹布般啪地呈大字形趴在地板上，一边喘着气一边用萌死人的眼神看着妻，意思大概是说来点啥吃的或者有没有人过来抱抱我。任谁那个时候都会倒着眉眯着眼情不自禁地"噢"的一声全身酥软。

没几个月豆豆就长到四十斤，虽然还是只幼公犬，但身形相当匀称挺拔，脑袋变成方形，脚腕和前胸长出又长又密的金黄色毛，屁股又肥又大，每天花很多时间坐在阳台前看外面。尾巴的毛量不多，拖在地上左右甩动，我对妻说这个时候看豆豆和一只硕大的老鼠没啥区别。

搬到威海的第一个秋天，豆豆过了它一岁生日，那时候豆豆的体形已经很接近成年金毛，六十多斤重，四肢强劲有力，不挑食，喜欢前爪搭在阳台的护栏上看楼下沙滩涌动的人群，卷着依旧没长太多毛的尾巴，专注并好奇的眼神如同第一次去星巴克点饮料时盯着墙上菜单研究半天的银行新职员。

金毛是苏格兰犬种，维基百科上说是由一个叫Dudley Majoribanks的爵士在一百多年前将几个犬种杂交而成，最初的目的是为了培养一种能够帮助主人在森林里取回击落的野鸭野雁的中型犬。我想被击落的禽类掉落到湖里的几率非常大，因此金毛有着极强的游泳能力，再者回来的时候不准私下把衔在嘴里的美食偷偷吃掉，所以服从性也是关键。金毛还有个鲜明的特点就是乐观、亲近人类，只要身边有人陪伴，它们都会开心得不得了。

冬季有时候我会抱着豆豆去阳台吸一会儿新鲜空气，凛冽的北风夹杂着海的咸味扑面而来。我试想着过去某个苏格兰猎户在漫天飞雪的艾雷岛上，用同样的姿势抱着与自己相依为命的黄金猎犬，从艾雷海峡吹来的季风仿佛带着仇恨似的冰冷刺骨，他们俩睫毛和脸颊挂着白色的冰霜。猎人从腰际取出装满纯麦威士忌的小罐子，对着喉咙倒了一大口，然后与他的伙伴分享彼此的体温，他们不知道，在另一个时空另一个国度，有另一只金毛和它的伙伴正清晰地感受到那种浓烈得化不开的温暖。

我们家的豆豆一共需要上三天班，分别在两个拍摄地点，妻给那个副导打了电话，因为不放心让豆豆在摄制组过夜，就决定每天我们开车送过去，拍完再一起回家。

对了，这部电视剧的名字就叫做《回家》，之后在现场我们看到了导演，妻"哦"了一声说："原来是她，是个了不起的艺术家，豆豆你要好好干啊。"豆豆则歪着大脑袋，一副"小事一桩，你只要管好我的工资别被爸爸拿去花掉就可以"的样子。我不怎么看电视剧，自然没法发表什么，倒是看着大家忙忙碌碌的布景排练，新奇有趣。

我在阳台看"鸭子"，即使被晒得眼冒金星还是爱看，因为他们泳技比我差多了嘛——豆豆

说说第一天的拍摄过程吧，早上十点开机，我们九点开车出发，地点是威海市另一头的经济开发区。抵达的时候才发现是一个很豪华的别墅区，离海边很近，不过边上有工业码头所以稍微有些煞风景。

副导在小区门口等我们（这人很好，做事细腻认真，无论对谁都热情体贴，很像二十年前老上海理发店的师傅们，手艺精湛却毫无架子，容易相处），带我们转了几个弯后走进一栋大别墅，光门口的花园就有七八十平米。摄制组已经在拍摄，副导说大概一个多小时后会开拍豆豆的片段，剧情是演员牵着豆豆来这家别墅串门，要求豆豆跟在演员身边，别东走西顾就行。

结果比想像中还顺利，连一个NG也没有。牵它的是一个四十多岁的女演员，化着淡妆，穿得很朴素，从别墅门口按了门铃，主人略显惊讶地请他们进入。在花园对戏时豆豆嗅了嗅主人的鞋，接着用非常端正的姿势坐着，平白无故给自己加了好几个动作。

在阳台上能听见摩托艇巨大的轰隆声，惹得豆豆一阵狂叫

　　第三天拍完后我曾问副导剧集由谁主演，他念了几个名字给我们，竟然有江湖中无人不知无人不晓的佟掌柜，还有一大堆《炊事班的故事》里的演员，妻说不对呀怎么一个都没见着？我跟着仔细回忆了一下，闫妮确实没有看到，她颇具喜感的脸即使混在北大青鸟电视广告背景人群里，我也能一眼认出来。最终我们得出的结论是豆豆参与的应该是一些可有可无的小场景，或者那些演员换了时装我们一时认不出来，这么说那几天确实有几次，感觉某些人好像哪里见过似的。

　　不过没关系，我们眼中的主角永远是豆豆。

　　之后两天在一个老区集合，开车过去还要经过一条残破的市集路，地点是一排老式公房里面，一场戏在室内，另一场在室外。

　　豆豆室内的戏份就是趴在地板上不动，等演员招呼它时表现出很高兴地跳起来跟着出门就行。我给豆豆讲戏的时候（纯粹聊胜于无），轻轻告诉它只要演自己就好，反正在家等我们带它出去玩的时候它就是那个样子。

第一次开拍出了点小状况，十几个人挤在四十平米的小屋子里，摄影师拿着对豆豆来说只有塔图因星球才会出现的巨型摄影机在一米不到的距离对着它，这气氛对喜欢亲近人、贪玩的金毛来说简直就像在春晚被邀请当刘谦的表演嘉宾般幸福洋溢，一时之间怎么也不愿趴在地上。

尝试了几次，我不得已使出杀手锏，在豆豆耳边偷偷说：你看这镜头，这关注，这架势，你妈妈她做梦都想的场景被你摊上了，你要不好好演我让你妈上。

好吧这完全是胡扯，被妻听到今天晚上就是被吊在阳台晾衣架上睡觉的份。总之一番安抚后豆豆终于听话地趴了下去，伸着舌头神经兮兮地看着我和妻，像是在考虑要是得电视剧飞天奖最佳男主角的话，上台是先谢谢爸妈，还是皇家幼犬狗粮，还是楼下沙滩每天晚上八点对着大海练小提琴的大叔。猛地那演员叫了声豆豆，它条件反射地一骨碌跳起来，仰着头开心地对着替它绑狗链的阿姨，看起来还真演得像那么回事。

相比之下，隔天室外的拍摄却出现一堆问题。

那天约定午饭后拍摄，等我们到了拍摄现场，才得知今天豆豆的戏份比前两天都多，而且属于演技派的路子。具体就是豆豆戏里的主人牵着它在小区逛，然后不知为何豆豆突然冲上去咬了一旁玩耍的小孩，当然不是真咬，只是象征性地冲上前吼一声即可。

问题出在副导演轻描淡写说的"不知为何"上面。如我之前写的，金毛这种狗相当亲近人，就算家里来了小偷，它也会兴高采烈地把它最喜欢的东西送上去。平常在沙滩遛狗，几岁大小的小孩子没轻没重地骑在它身上，抓着它的大耳朵又拉又扯，豆豆也就一副"哎呀轻点儿小祖宗，不过能和你一起玩真的好高兴"的模样。

所以别说"不知为何"，就算豆豆明明白白知道为何要咬人，恐怕它的演技也没炉火纯青到扮出凶狠的样子，这简直和让林志玲用"萌萌站起来！"的语气唱中国少年先锋队队歌一样不切实际。

同时妻也有点不高兴，她不喜欢安排豆豆咬人的剧情，我好说歹说地劝她：都拍到最后一场戏了，再说梁朝伟在无间道里还不是一样跟着老大打砸抢烧但依然是个好人。"演反派才说明不是花瓶嘛。"我对妻说，她算是勉强接受。

总之NG了三四次，豆豆一脸擓不懂"为什么那么多人鼓励我对着可爱的小演员冲啊叫啊的"，斜着脑袋直挺挺地站在那，最后导演像是觉得这只小金毛演技实在无可救药似的样子挥挥手叫停，表示差不多借位补两个镜头算了，于是我和妻、副导演还有豆豆统统松了一口气。

杀青告别的时候副导给了我们四百元钱，回家的路上妻不停地抱着豆豆陪它说话："我们家豆豆真乖，这么小已经开始赚钱给爸爸妈妈买魔兽游戏点卡了啊。"豆豆毫不客气地朝着我打了个喷嚏。"好嘛好嘛，买牛肉和皇家幼犬狗粮总行了吧。"我对豆豆说。

这就是你丢我捡的游戏，当然必须是在海边

# I  天使的苹果

**2**007年12月22日，冬至，小区楼下刮着仿佛要把整条海岸线吹到地球以外似的强风，才五点刚过，天色就阴暗得可怕。豆豆的体温渐渐在妻的怀里不断流逝，妻不停地试图用手捂住豆豆的耳朵，血从那里毫不留情地穿过妻的指缝，逐渐凝固。

豆豆精灵般的眼神慢慢失去光泽，即使到最后一刻，它也没有流露出生气或者埋怨的样子，甚至试图努力保持着安静的姿态，借此安慰在它身边不停抽泣的妈妈。

2007年12月22日，到处挂着北京奥运会倒数计时牌，还有二百七十天整，离平安夜还有两天。圣诞节为豆豆准备好的牛肉好端端地放在超市购物袋里，云层浓郁得化不开，随时都会下雪的样子。

差不多一年前，詹姆斯·布朗在亚特兰大市的埃默里克劳福德长医院与世长辞，我想他是慢慢哼着Please，Please，Please的旋律，脚板打着他标志性的拍子去世的，好歹，他过了圣诞节。

豆豆一直很喜欢我放詹姆斯·布朗的音乐，《Get Up》和《I Got The Feeling》能让豆豆跟着节奏拼命追逐自己的尾巴，然后气喘吁吁地张开身体四脚朝天。此刻他们能在天堂见面了，詹姆斯·布朗一定很喜欢豆豆，他们会一起不停地跳舞，不停地唱歌。

2007年的冬天，我抱着无力哭泣的妻，看着空荡荡的阳台，无边无际的深海，看着豆豆周岁生日的照片一起走到2008。

还记得那天中午我们陪豆豆在楼下无人的海滩玩耍，浪很大，所以我一直阻止豆豆下海游泳。沙滩上除了我们没有任何人的脚印，事实上四周围空旷得仿佛我们身处被人类遗弃的孤岛。

豆豆似乎发现了野兔，一头窜进已经松垮枯黄的草丛中，矫捷的身影瞬间消失在我们眼前，妻跑跑跳跳地叫着：豆豆加油！豆豆加油！半米高的草丛窸窸窣窣地摆动着，偶尔可以看到豆豆扬起金色毛发。过了半晌，它才垂头丧气地回到我们身边，不用猜就知道连野兔毛都没有。

我俯下身替豆豆拍打它身上的灰尘与枯草，豆豆的注意力很快就被海浪吸引，它不停地回头看我，或者偷偷跨出前脚朝海的方向挪一步。"豆豆！"我沉沉地叫了他一声，它耷拉着脑袋摇着尾巴无可奈何地回到我们脚下，长长地从鼻子里呼了一口气。

"带豆豆去洗澡吧。"我对妻说。

平常我们一般不会周末带豆豆出远门或者洗澡，因为这样可以避开人群。尤其洗澡的那家宠物店在威海数一数二，很多时候即使周二周三去也要排队等候。不过接下来圣诞节和元旦的人恐怕更多，如果不去，豆豆就得满身泥巴地过新年。

宠物店在市中心，靠近财富中心大厦，下午两点到达，那里已经有好几个客人在等待。负责管理的店长是一个亲切的阿姨，四五十岁，瘦瘦小小戴着眼镜，和大多数威海人不同，一口标准的普通话，说四十块和十四块的时候舌头一点都不打结。

店长很喜欢豆豆，老说它是威海市里最帅的金毛，看到我们来了就笑眯眯地摸摸豆豆："小豆豆又去泥里打滚了啊？再不洗个澡爸爸妈妈就不让你进屋了。不过咱们豆豆要等一会，前面哥哥姐姐还没洗完。"

和往常一样，我们放心地把豆豆交给店长，问清楚几点回来接它，就去南面大润发超市买菜买日用品。

妻喜欢过节，情人节、妇女节、儿童节生日统统都要，养了豆豆后还贪心地要把母亲节也算上，所以圣诞节前夕我们总会把家布置得很有过节的气氛。从超市买了不少圣诞装饰用品，有贴在墙上的和挂在吊灯上的。妻提议圣诞大餐吃饺子，所以我们又买了猪肉和白菜，顺带买了三斤牛肉给豆豆，我说平安夜晚上我用保鲜袋包起来放在圣诞袜子里给豆豆闻。

不知不觉就快到四点了，我们提着好几个大购物袋上车，店长告知我们四点一定要去接豆豆，因为后面还有太多客人等候，根本没有放置豆豆的地方。

回到宠物店，豆豆正神采奕奕地在店门口张望着等我们，一身浓密的金毛顺滑柔软，四个脚爪整整齐齐。店长笑眯眯地给豆豆递上一个苹果，豆豆轻轻地用嘴接过，然后没咬几下就吞了进去，嘴角漏了一地的苹果渣。

"你们家豆豆可喜爱苹果了，刚才等洗澡的时候吃了一个，现在又是一个。"店长说。

"是啊是啊，家里还有好几个苹果等着他呢。"

寒暄了一会儿，我们牵着豆豆回家。从宠物店北方的古陌隧道直通环海路，云层很厚，看不到夕阳，悬崖边巨浪拍打着礁石，再远一点可以看到大风把海面一层层地吹皱，仿佛无数个尖牙齿轮并排着旋转。豆豆在后座死命地蹭着椅子，从它的角度来看，满身香喷喷（那家宠物店每次洗完澡都固执地往豆豆身上喷廉价香水）还不如一身浓重的体味来得爽快。

我们小区有两个停车场，地下的那个每月要三百，露天的则只要一百。通常回家后我们会直接把车停在露天停车场，再牵着豆豆进小区坐电梯上楼。只是威海冬天的海风实在太猛烈，别说拿着大购物袋再牵着豆豆，即使空着双手低着头弯着膝盖走停车场通往小区的穿堂小道，也会被吹得东倒西歪。所以下了环海路，回家时我把车暂时停在小区门口，让妻把购物袋先搬进小区大堂，再牵着豆豆等我。

我想，之后的好几年我都时不时地这么想到，如果，如果当时先把车停好，或者先让豆豆进大堂，或者不走环海路，或者不去超市买菜，或者不是四点接豆豆，甚至或者不带豆豆去洗澡，不让它抓野兔惹得满身泥泞，或者或者……那么在打开后车门的时候，豆豆就不会看到马路对面的那只经常见面的松狮犬，那么他就不会兴奋地自己跑下车站在马路上，那么跟在后面的七路公交车就不会措手不及地撞到豆豆，即使司机死命地踩刹车，巨大的前轮还是碾过了豆豆的颈部。

其实不需要那么多的如果，只要当时我多看一眼车后镜，让七号公交车先过就行了，我想，或者是我不敢想，我得负起豆豆车祸的全部责任。

直到今日，每当我回忆起当时躺在妻怀里的豆豆的眼神，我的胸口就似乎被人迎面重重地打了一拳。我的脑海中浮现出住在苏格兰圆木房子满脸胡茬的Majorbanks爵士，他年复一年地尝试着培育出世界上最听话、喜爱人类胜过自己同类的黄金猎犬，从未放弃。"每一只金毛必须都是从天堂来到人间的天使！"他不止一次地对自己说。酒架上的苏格兰纯麦威士忌逐渐减少，他浅蓝色的眼眸里同样藏着某些与这冰冷的世界毫不相干的，非现实性的，却无比温暖的坚定信念。

在威海市的最西端，过了文化西路后右拐大约有五公里的双线柏油路，两旁种着漂亮的常青树。在中段，有一处不仔细看很难发现的旧河道，严格来说应该属于已经干涸的入海口。春夏季从附近山脉会聚下来的小小溪流以前从这里经过，流入黄海。如今这条宽不足五米的河道长满了齐人高的野树野草，只有中央还留着细细的一长片平地。

豆豆就埋在草地下。那晚我拿着跟小区保安借来的铲子慢慢挖坑，由于是小谷地的关系，几乎吹不到风，但寒冷的空气依然将这里的土地冻得像石头一样硬。妻紧紧地抱着豆豆，除此之外她对周围的一切事物都置若罔闻，直到泥土把豆豆全部覆盖，妻的手还贴在冰凉的地上，如果用力压一压，能感觉到豆豆软软的身躯。

之后的一周，妻几乎不吃不喝不眠，我不停地试图告诉她豆豆是天堂派来陪伴我们一年的天使，时间到了后，天使就要回去的。天气晴朗的话我会指着窗外的晚霞，对妻说你看远处的云，不正是豆豆那张憨态可掬的大脸吗？它还在对着我们微笑呢！

过了元旦的第一个星期，我带着妻走遍了威海周边的十几个县市，最终从济南抱回了我们家的第二只金毛。由于宠物店饲养的关系，它和豆豆相比瘦弱了很多，头也小了一圈，不过这是短时间内我们遇到的最像豆豆幼时的

"再看，再看，我就要把你吃掉"，妻看着它，被小时候的苹果萌得全身酥软

怎么看都是一只大老鼠，这是苹果夏天最爱的姿势，尽可能的摊开身体趴在大理石地面上，凉爽它的身体

苹果最大的愿望是想像自己是一只小狗，被我们天天抱在怀里，可这是65斤的重量啊

小公犬了，尤其毛茸茸的大脚掌和莫名与人亲近的眼神。

妻问我应该叫它什么，"苹果，"我说，豆豆最喜爱苹果了。

一直以来我始终认为这是我们旅居生活中我做得最正确的一件事，妻是那种会把悲伤的往事用刀刻在自己心里的执著女子，一旦这种情况发生，那将是一辈子也无法治愈的伤口。所以我迫不及待地找一只金毛代替豆豆，不对，没有任何事物能够代替豆豆，但至少能让苹果帮助妻子走出失去豆豆的痛楚。说到底，没有人，我是说这世界上绝对没有人，能够对着一只两个月大的小金毛愁眉不展的。

整理这本旅居笔记的时候，《旅游圣经》主编桑磊先生对我说希望这是

一本关于幸福的游记，所以我曾一度考虑是否应该加入豆豆去世的这一篇，如你现在读到的，最终还是写了下来。

回忆里豆豆陪伴我们的那一整年，它给我和妻带来了某种如同陨石般毫无保留燃烧殆尽的幸福感，并且在它离开我们之后，这种幸福感通过苹果原汁原味地保留下来。将近九年的旅居生活，不可能一直像詹姆斯·布朗连续不断地唱《I Feel Good》般手舞足蹈地过来，可是即使在最彷徨、最迷茫的时候，这种幸福感依然在我们两人的内心深处悄悄滋长。我把这种感觉归纳为纯粹，一种似豆豆（还有苹果）般毫无杂质的美丽心灵。如果说这世上有什么是非幸福不可的人生，那么在海边长眠的豆豆将充当着所谓磐石般的根基。

对了，我有没有提到过苹果那傻乎乎的黏人模样，像极了豆豆。

139

# 桂林——

## 似水流年

坐在家里的阳台上，看云霞渲染甲天下的山，生活不过是杯泡腾了几次的茶

# 1　每一扇窗，都有一幅山水

打算搬家之前，我和妻坐飞机先去桂林考察了三天，我们主要的目的只有一个，就是找到合适的住房，另外附带一项工作：先搬运一部分行李以减轻车子的负载。

几年的旅居生活落下最头疼的"后遗症"，就是行李越来越多。从刚开始背包客模样说走就走的轻便旅行，到光整理就要好几天。大包小包满满地塞进越野车后备箱，一岁半的苹果往后座一跳，可以很明显地看到后轮胎深深叹了口气似地往下沉。不过你若问我到底都搬了什么要紧舍不得丢弃的东西，我也答不上来，妻这方面全权负责。从威海回上海的路上我经常听到后备箱叮叮当当的声音，问妻那是何物，答曰：没用完的鲜酱油和醋。

说起来妻其实不算是个地道的背包客，更多时候她是以迁就我的方式行色匆匆地东奔西走。虽然一个城市住久了以后她也会蠢蠢欲动，不过那是基于一切准备就绪井井有条，用惯的锅碗瓢盆、熟悉的被褥枕头都必须跟着我们闯荡神州的前提下。

我想在我俩结识之前，妻若嫁给一个戴着金边眼镜、穿皮鞋上班、会打六种以上领带结的上进青年才俊，那么八年后肯定会对我们这样非典型的旅行搬家方式嗤之以鼻，弄不好还会对着那个虚拟的丈夫做着鬼脸拍着胸口说还好没有嫁给这样不靠谱的男人之类云云（当然诸如此类的假设最好还是别给妻听到为妙）。

我们打算把找房子的时间分成两部分，桂林市两天，阳朔西街一天。妻比较倾向住在阳朔，自从束河生活后她就对这类带有独特文化又适合居住的小镇情有独钟，所以一下飞机我俩就各拖着一只中型旅行箱登上了驶往阳朔的大巴。

可是最后一无所获，阳朔无论从环境还是条件上都不像是给打算安安稳稳居住一年半载的夫妇准备的。单以西街来讲，咖啡馆、餐厅、旅游公司林立，物价一律以背着尼康单反的游客为基准，白天人潮已经络绎不绝，到了晚上更是热闹，不少酒吧都大声放着咚咚锵、咚咚锵的摇滚音乐，沉重的低音恨不得要把夜晚撕开一条裂缝出来。

而且住房都是客栈类型，虽然整体看起来有模有样，外形也粉刷得带有古城文化的气息，不过住一晚后就会有种缺少什么，翻来覆去却无法舒服窝在床上读卡勒德·胡赛尼小说的感觉。就好像客栈主人装修屋子做到一半突然想起什么似的就把一切扔在那里自顾自跑掉了，随后回来时说得过且过吧，便开始经营。如果仅仅以袋子里放着《Lonely Planet》的背包客为对象，这样的风格倒未尝不可，可对每天自己烧饭买菜工作的常住者则略显勉强（况且很少有提供厨房的客栈）。

第二天午后，我们拉着沉重的旅行箱在西街的外围又走马观花地看了几小时，那里有很多公寓房，不吵闹但算不上干净，房客成分比较复杂。如果除去周边的风景不计，给人的感觉就是一个围着游客集散中心的大镇子，旅游服务业的味道未免太浓。

晚上我们疲惫不堪地搭上回桂林市区的大巴，或许阳朔是有风景优美的住宅小区存在的，只是我们匆匆忙忙没找到，说运气不好亦可，而且没有钱租整套院子也是事实，总之打消了住这里的念头。

隔天我们在桂林市找起房子来，一个月前我就联络了一个租房经纪，我提的要求是一室或两室一厅，安静，小区不能太脏乱，最好打开窗就能看到漓江，月租在两千五百元以下。

到了桂林后我给经纪人打电话，约好了看房时间。

"帮你找了一个月，并没有太多房屋符合你的要求。"电话那头传来的声音有气无力。

我心里顿时就浮起不祥的预感。

第二天一大早在象山景区与叫小王的经纪人碰面，是个戴着眼镜的年轻人，肤色黝黑，穿着不合身的西装，拿着小小记事本，上面写着四五个电话和地址，告诉我这是今天的目的地。

我拦了辆出租车，一路上小王不多话，带着怎么看都像是在说这个世界实在没什么事能令人高兴的脸色陪着我们挨个看房。不出所料五个地点没有一个能看中的，连将就一下的可能性都没有，反正不是太吵闹就是价格太贵，要不就是偏激的周围一公里内连个杂货店都没有。

下午结束时我给了三十元看房费，小王摊了摊手说按你们的要求实在是

"笑得自然点啊"，妻在拍了十余张同一个姿势同一幅山水之后终于忍不住，在对面狂啸

很难，要不你们再提高一千块预算或者别太在意周边环境？说着说着我也跟着他一起悲观起来。

我们在象山景区附近的餐馆吃了晚餐，沿着漓江边散步，原本想借此远眺一下经常出现在明信片上的象山轮廓，却发现无论从各种视角，都被故意种植的茂密树叶遮挡得严严实实。有些地方实在不适宜安放植物，就插上一排排竹竿防止你偷看，总之就是你若不买票的话连根象山毛也看不到。对不起我有些烦躁，不过桂林市对于初来乍到的外地人来说，不管是游客还是住客，反正亲近不起来。

散步的时候我们经过一栋淡黄色围墙的气派老房子，原来是李宗仁的故居。从入口处的介绍来看，李宗仁自其祖上就一直住在这里，里面有个宽敞的会议厅，当年桂系人马行军打仗布置战术和接待要员开会都在那里举行。虽然带着孙连仲和汤恩伯这样的悍将大快人心地在台儿庄获得胜利，其晚年不惜代价要求回国也体现了他的爱国情操，不过在历史中李宗仁依旧是个颇具讽刺意味的人物。有兴趣的人可以读一下唐德刚代笔的《李宗仁回忆录》。

他的故居真的很大，设计严谨且格局疏密有致，地段更是无可挑剔，让人不禁嘀咕：凭什么这般悲剧人物能住豪华大院而我们却连房子也找不到（好吧我只是在瞎抱怨）。

有人说，在旅程中，睡上一觉，早上起来后身边的一切经常都会以一种崭新的毫无防备的姿态呈现，在桂林的第三天我们切实地验证了这句话。

很显然，我们找到了租房，虽然算不上百分百满意，但足以让我和妻开始向往桂林的生活。

那天我们起了个大早，打算绕着桂林走一圈再仔细看看。我们住的商务酒店在七星山的东面，从那里的七星路开始往西走，折过穿山路，越过解放东路的大桥，然后顺着漓江一路南下，路上拜访了不少小区。我们俩几乎在玩极限徒步穿越（还是在车水马龙的城市里），顶着烈日绕着桂林市区整整走了一圈，如果说背包客为了找到向往的青旅在陌生的城市里奔走还可以称

斗鸡山，对于窗外有一座山的家来讲，妻相当满意

之为浪漫，那么我们这种纯粹是为了居住而精疲力竭跑遍全市找租房，真的需要一些倔强和执著。

傍晚时分我们来到南溪山附近的安厦世纪城，实际上昨天我们跟着那位满面愁云的经纪人来过一次，看了一间要价三千的两室一厅。虽然当时拒绝了业主但妻子很满意整个小区的环境，无奈经纪人一再表示此地没有别的出租信息。

我们只有抱着随便问问的心态向小区杂货店的老板打听，竟然很凑巧地被告知刚好有业主托他出租一套一室一厅，月租一千二。接下来的事情无比顺利，联络上房东后我们去看房，是一栋新建小高层的七楼，房东自己住八楼。

"卧室的窗外是斗鸡山，典型的喀斯特地貌特征哦。"房东跟我们介绍房型，她是福建人，在这里做地产生意。

阳台的三角梅开了一茬又一茬，印上夕阳，不知谁更红

　　"从楼下的这段小路一直走，就可以看到漓江，那里有一条步行道，我经常晚饭过后去那散步。"

　　"小区有很大的游泳池，还有羽毛球馆，你们有车的话，从小区外崇信路往南开两三公里就出城了，半小时就到阳朔。"

　　"这个小区的绿化很好，中央有一个人工湖，阳台的视野也很开阔，可以看到远山。"

　　我打开阳台的玻璃门，一轮夕阳正落在淡淡的群山之间，仿佛一盏暖暖的灯。回头走到卧室，一座秀美精致的小山就在我们的窗前，初夏徐徐的微风吹着山间碧油油的树叶轻轻舞动，一条若隐若现的羊肠小道从山脚盘上山顶。楼下有几个老人坐在树下纳凉，细细闻会有一股不知从哪里传来的花香。

　　"就是这里了。"我对妻说。

# 1　红豆生南国，此物最相思

**根**据百度百科上写的，桂林雨水最多的季节为四月至八月，降雨量占全年的百分之四十，气候温和，雨量充沛。刚搬到桂林的那两个星期，天气好得不可思议，清晨傍晚凉风习习，青山黏在如同蓝色画布般的天空里，晚饭前趴在阳台上每天都能看到壮丽的晚霞，以至于我们认为雨季已经过了。

可是这样的日子没持续多久，桂林便淅淅沥沥地下起雨来，起初不过晚上的几小时阵雨，慢慢演变成整日整夜的绵绵细雨，时不时地还穿插着几场暴雨。从六月中开始，我们小区的地上就变得湿漉漉的，早上起来遛苹果时经常会看到一摊摊的积水，阳台上没办法晾衣服，趁放晴的时候外出买菜也会提心吊胆，楼里的电梯泥泞得如同建筑工地。

雨势接连不断，到七月初也不见休息的样子，有时好不容易不下了，天空依旧阴沉沉地布满乌云，就算比作画布恐怕也是怎么拧都拧不干的感觉。待到你以为是不是该转晴了，这雨又像打了个盹继续干活似地卷土重来，让人觉得这种下法是不是未免太夸张了。

话说回来，如果忽略下雨对实际生活上的种种不便，那么烟雨蒙蒙的桂林其实是非常迷人的。据我所知，不少国内外游客还会刻意赶在雨季来旅行，坊间流传的夜上海、秋北京、雨桂林、雾重庆形容得再贴切不过。

拉开卧室的窗帘，雨中的斗鸡山显得格外清秀，覆盖着一片绿得仿佛快要结成宝石般的通透感，雨点（尤其是暴雨的话）打在玻璃上形成一条条涓细的水流，乍看之下就像一幅后现代的油画。

如果下午放晴，而且目测兼求签（确实需要运气）都显示未来一两小时暂时不下雨的话，我们会牵着苹果去漓江边走走，呼吸一下雨后的清新空气。从斗鸡山开始往南约三百米的林荫小道紧贴着小区东门出口，道路的右侧是漓江，平常苹果一到这里就迫不及待地想跳下去游泳。

由于雨水冲刷的关系，清澈的漓江在这段时间有些泛黄，之前慢悠悠的江面如今变得波涛汹涌，水大量地从上游相互推挤着蜂拥而下，即使苹果从两三个月大就在海里扑腾，我们一般也不太敢让它肆无忌惮地游。后来不知道是谁想出来的主意，我们用伸缩狗绳像放风筝一样牵着苹果下水，如此一来湍急的水流就不至于直接把它冲到北海里去了。苹果乐在其中，还不时潜下水衔起折断的水草，妻说我们这哪是遛狗，明明是在遛一只水獭。

天气继续保持的话，小道上的人也会相应增加，大多是闲在家里的老人抱着小孩，大家都像约好似的趁机出门散步，三五成群地围在还带着雨珠的柳树下聊天，虽然已一而再、再而三的形容过，不过除了水彩画油画之类的比喻你还真找不到更形象的比喻。

就这样我们一边赞美着桂林雨中特有的美景，一边埋怨着长时间下雨造成的种种的麻烦，算是喜忧参半地过了一个月。

七月中旬，好不容易晴了两三天，晚上十二点开始这天仿佛在说"忘了下迟早还是要还"的架势咬牙切齿地又往地上泼起大雨。记忆中那一场雨是整个雨季中最猛烈、最凶狠的，伴随着仿佛要把桂林那些突起的小山峰全部砸扁似的闷雷，完全没有中断地硬生生下了十几个小时。

第二天下午白云来电话，问我们要不要去她的农家乐："来我们的餐厅里钓鱼吧，可好玩了。"（这种邀请要不是亲眼目睹过满地积水的桂林还真不会觉得好笑。）

白云是我太太在上海工作时认识的同事，三十出头，性格直爽，有着桂

家里的落地窗，花窗帘外是斗鸡山

林当地人标志性的漂亮大眼睛。听妻说她毕业后就在上海打拼，工作努力，人缘也好，事业一路扶摇直上。可是当大家都以为她会从此留在上海定居的时候，她却出乎意料地辞职回了老家。

　　妻到了桂林第一件事就是联络白云，虽然之前的电话电邮已经作废，不过依靠发达的网络，没多久就找到了她。闲聊后方知道白云当时回到桂林办起了农家乐，她们家在瓦窑南面有一片地，这些年通过她的苦心经营，已经成为桂林首屈一指的郊外休闲景点。

　　巧的是她今年正准备结婚，对象是高中时的初恋男友，原本离开桂林时两人就自自然然分手了，谁知道十几年过去后沿着各自的人生兜了一个大圈又结合在一起，还占着一个大庄园种种菜养养鱼做做饭，从此优哉游哉地过日子。凯特·贝金赛尔出演的电影《缘分天注定》剧情也不过如此，让人羡慕。

　　说起她的庄园，真是大得令人完全没有具体概念。第一次去的时候，我们从崇信路转到环城南路，然后沿着一条小路南下，过了一条废弃的窄铁轨

白云婚礼前做最后的准备

看到一大片农田，小路则继续弯弯曲曲地延伸下去。之后我们经过好几个渔场，然后又是一片茂密的树林，接着又是农田、渔场、树林。我们想会不会迷路走错了就给白云打了个电话，结果电话那头传来一阵笑声：“过了铁路后全是属于我们农场的，你们只管往前开便是。”

所以当白云跟我们说大雨下得鱼都跑出来的时候，我们完全能想像得到那是怎样的场景。

驱车去“钓鱼”的时候，雨小了些，但还在下。

白云的庄园其实紧挨着漓江，而且又是下游谷地，因此一旦连日暴雨致使漓江水溢出，他们的鱼池定会跟着遭殃。不过这一次事态确实严重，连之前的乡间小路也面目全非了，我们不得不挂着四驱蹚着水而过。到了她的餐厅才发现，原先用来给客人选鱼的池塘都已经在水底下，而周匝还有两个好几亩大小的鱼塘被淹了。于是那些青鱼黑鱼鲢鱼像是看了电影《楚门的世界》一样兴冲冲地往它们眼里全新的世界奋力地游，员工们落汤鸡似地用网到处捞，然后放进临时准备的大桶里。还真的哪里都能找到鱼，凳子桌子下，自动麻将桌下，收银台下，木质走廊的缝隙里，甚至还有特地游到用来烤鱼的烤架下的，人也好鱼也好估计一起疲惫不已。

换作其他的老板，估计都焦头烂额了，不过白大老板可不是普通人，天性乐观的她连半点愁容都看不到。"这条这条，那里那里，快来看鱼竟然能躲在这。"她蹦蹦跳跳像是玩躲猫猫似的到处指给我们看，好不容易处理完，她提起那条躲在烤架边的鲶鱼，对着未婚夫说："把它烤了吧，今晚我们吃鱼。"

白云未婚夫姓欧，高个，大眼，方脸，说起话来眉毛鼻子甚至耳朵都会跟着一起动，是个表情特丰富的人。其次他跟白云一样个性开朗，但比白云

妻照着这姿势学了很久，也没学会狗爬式

十里桃花堤，妻对着漫天的桃红吟诗作对，我对着底下的散养鸡鸭眼冒绿光

更纯，三十多岁却给人感觉像个大男孩似的，没有一点心机。

　　大欧喜欢吃，而且什么都吃，不知名的野菜、奇形怪状的蘑菇、上天入地的野味，有时候还自己跑到田里放机关抓田鼠吃。他也喜欢做饭，由于爱吃的缘故，因此经常会灵光闪现地发明独特的菜肴，认真捣鼓一下竟能成为农家乐的招牌菜，让人不得不承认是种天赋。

　　说起来因为好吃而捣鼓出点名堂的人还真不少，比如托马斯·杰斐逊总统因为喜爱番茄酱而为美国引进了西红柿，乔布斯为了能年年有钱吃到苹果便创办了电脑公司，李鸿章狂吃鲈鱼被鱼刺卡到喉咙于是忘了用支付宝给北洋水师买炮弹，好吧除了第一条其他都是我瞎说的。

　　大欧拿了个大托盘把洗好的鱼放在中央，洒上各种香料和配菜烤了起来，白云搬了个凳子坐在一旁，和我们聊着大欧的轶事。

"大欧这人呀，真的是太喜欢吃了，我们不是刚搬进市区的那套公寓吗？他隔天就买好了所有的厨房用具。"

"你想想我们连米都没买，油盐酱醋还残缺不齐，锅子再多也只能看看而已啊。"

"结果当天晚上他半夜爬起来说饿，我看明明是馋。"

大欧一旁为自己辩解："真的是饿，我肚子咕咕咕直叫，那晚不是给你听过吗？"说着摸着自己微凸的肚腩。

"好啦好啦，就算是饿好了，于是他就用家里仅有的几个鸡蛋，和一些干货做了个干贝炖蛋，味道居然不错。"说着嘴角翘起斜着眼望向大欧。

"就是就是，现在干贝炖蛋在我们这卖得多好啊。"大欧哈哈哈地笑着。

我一旁搭腔："厉害厉害，上次你说我和大欧是同一星座吧，为啥我就没有半夜起来发明美食的能力呢？"

"你是没有这能力，但你有半夜馋了把我叫醒起床下厨房煮给你吃的能力。"妻白了我一眼。

又被妻抓到把柄。

我们离开的时候雨终于停了，从停车场朝偌大的农庄望去，一股沁人心脾的空气迎面扑来，像有一条冰得恰到好处的水线穿过喉咙，镇凉了整个胸口。他们在农家乐餐馆的门前种了一排红豆，花期刚过还没有开始结果。白云和大欧在门口向我们挥手道别。

"下个月一定要来喝我们的喜酒啊。"他俩异口同声地说。

让我做一只乘风御水的狗吧，拉着爸爸妈妈去旅行

# ┃ 村歌

准备搬去桂林之前，我原以为会是个类似威海一样的安静小城，鸟在桂树上叽叽喳喳叫，凉风徐徐，伴着清脆的漓江流水声入眠。实际上桂林市非常吵，到处都是摩托车噼噼啪啪地叫，汽车喇叭声昼夜不停，唯一纵贯全市的几条马路每天堵得像停车场一样。

我们其实很喜欢如同公园般的桂林市貌，唯独对其无休无止的噪音不敢恭维。

九月底去了趟阳朔，虽说开车只要半个多小时，但五月份找房后就没再去过。这次是和几个来中国玩的美国朋友一起去，抱着终于可以以游客的身份到阳朔好好玩几天的心情，在西街一家客栈预订了三个晚上。

和桂林一样，我原以为这个与凤凰、丽江、大理齐名的古镇肯定有一些属于自己独特的味道，结果倒没令人失望，只不过这所谓的"独特"，多少有些毁誉参半。即使从旅行者（不是旅居者）的角度出发，我也还是想待在桂林多一点。

我们一行人共六个，有两位是我十几年的老友，一个在纽约做财经，几个月前欧美金融危机，被公司辞退，外加和相恋六年的女友分手。另一个在加州做IT，同样因为老板一句"实在没钱发工资了"而丢了工作，年近四十却从未谈过恋爱。还有一个是我纽约公司的同事，在上海外派，带着一位据说黏着他不放的上海小女生。总之这个旅行组合相当得不伦不类，不管是去古镇游玩也好，还是报名上江苏卫视的《非诚勿扰》也好。

去阳朔的途中还出了一个意外，开车开到一半被临检的交警拦了下来，当时我心里就咯噔一下，急匆匆出门驾照没带行驶证没带护照也没带，外加车里多了一个算超载，我想无论如何都会被罚得天昏地暗了。出乎意料的是交警沉默了半晌就挥挥手放我走了，导致那三个美籍华人从此对中国的基层公务员印象彻底改观。

中午到了阳朔，安顿好住处后，我带着他们找旅行社安排活动，刚失业又失恋的朋友想去攀岩，工作人员打了个电话替我们安排向导。

没多久来了个年轻人，骑着帅气的山地自行车，个头不高但浓眉大眼精神抖擞，穿着贴身的运动背心和短裤，身上的肌肉像有人用锤斧凿刻出来似的，给人感觉非常阳光。

"下午先去简单一点的山暖身，若没问题，再增加难度如何？"年轻人征求我们的意见。

"对了，叫我阿水好了。"他说。

听从阿水的建议，我们各自租了自行车，在攀岩的山脚下集合。沿途经过大榕树，月亮山及釜山寺，算是顺道作一次短短的观景游。租车的时候妻当众宣布："上大学那阵子天天骑着二十八寸老式大铁驴，就一直好羡慕被人载着的浪漫感觉，今天要好好享受享受。"这一句话让我之后的二十公里顶着烈日气喘吁吁挥汗如雨，周围的风景则统统忽略。不过埋怨归埋怨，看着后座眉开眼笑仿佛回到少女时代的妻，我算是累得心甘情愿。

攀岩的小山峰才二十米不到，比我们家窗前的斗鸡山还低，但怪石嶙峋，陡峭不已，山脚下除了两位负责安全的工作人员，并没有其他游客。阿水先作了示范，壁虎般三两下贴着山壁爬到顶部，纽约的朋友紧跟其后，套上安全索后一副"反正我工作没了女朋友也没了大不了摔死一了百了"的神情（开玩笑的）攀爬上去，身手敏捷的他经过一番调整还真爬到了山顶，我们由衷地为他鼓掌。接着带着缠人女友的朋友也跃跃欲试，用了十几分钟费力地爬到山腰，然后嚷嚷着不行了不行了便松开双手，被工作人员用绳子像吊着的烤鸭一样送回地面。加州的朋友则犹豫再三，最终也没尝试。

离开的时候我忽然觉得攀岩这种运动，其实很能体现出人的个性，甚至还能由此得出一个人的人生观或者爱情观，我那三个朋友不就是很好的证明吗？你也许会问那时我在干吗？我打篮球膝盖受伤所以没办法做极限运动，这是事实嘛，不过你若想仔细分析我也无可奈何。

由于第一次攀岩就用尽了力气，所以大家没有要求阿水安排下一个项目，沿着黄昏时分的乡间小道我们回到阳朔。

晚上我们请阿水吃饭，吃当地驰名的啤酒鱼，鱼的肉质非常鲜嫩，但除此之外并没有其他令人印象深刻的味道。之前找租房时就体验过，阳朔西街给人的感觉如同抹着一层厚厚的时尚的粉底，不自然的颜色背后有着一种无法让人沉淀下去细细品味的东西。打个比方就像王力宏后期的创作歌曲，越来越讨巧，乍听之下也不坏，但已经没有从前《唯一》之类能够打动人心的歌词旋律了。这方面不仅啤酒鱼如此，急迫表现自我的客栈如此，震耳欲聋的酒吧如此，华丽壮观的"印象刘三姐"如此，漓江边上一栋栋崭新的瑶族建筑更是如此。

徐悲鸿在两广事变的那一年来到阳朔，住在李宗仁送给他的三开小院，之后因为太喜爱这个小镇的缘故，经常回来居住。对我来说阳朔的样子应该如同当地文人徐杰明念给徐悲鸿的诗碑一样：两处争如阳朔好，碧莲峰里住人家。徐悲鸿曾在此处创作了《漓江春雨》、《逆风》等传世名作，与张大千共游漓江、与陈宝书互赠笔墨等更被传为佳话，然而这般的似水情怀仿佛在过去的某一刻突然被人封存到箱子里埋起来了一样，尽管销魂的香水和咚咚锵的音乐吸引了潮水般的人群。

我想，如今的西街，无论是商业模式还是文化风格，随便在中国任意找一个古镇，依样画瓢地安装上去，恐怕就又是一个红红火火的旅游景点，人

徒步路过很多村庄，斑驳的红砖墙和泥径

们奔着发呆、艳遇、喝醉、随性等流行词而来，一样可以折腾出点文化味。

　　第二天阿水约我们去阳朔附近的村庄徒步，并不是什么艰难的行程，差不多就是用在漓江边散步的节奏走四五个小时的路程。那天大约九点多出发，阿水穿着黄色T恤和短裤，带着一瓶矿泉水在南门等着我们。

　　阿水是土生土长的阳朔人，有着广西人轮廓分明的脸型，也有着他们淳朴的个性，不多话，笑起来有些腼腆，但很热心。

　　我们徒步的路线应该不怎么热门，一路上没遇上任何观光客，从西街

酷热难耐，晒伤的人和浸在塘里的水牛

古镇外穿过一条省道，顺着村落拐进一条三人宽的小道，开始沿着山脚下绕行。

虽然夏末的气候依旧炎热，不过因为没有上坡下坡爬山的关系，就没怎么出汗。倒是我们的苹果热得够呛，披着一层浓密的毛皮大衣不停地吐着舌头喘气，它自己背着一个包，里面放着八瓶矿泉水，最终全被它消灭，我连一口都没喝到。

沿路可以看到很多农田，坐落在一座座仿佛被谁摁在土里的小山之间，提到阳朔的山人不由得感慨大自然的千变万化，简直像打翻在地的厨房用具，杯子造型的，勺子造型的，平底锅造型的，真的什么形状都有。

我们还经过很多大榕树，每一棵都不比阳朔镇上那棵差，又粗又茂密，明明是艳阳高照，跑到树荫下坐一阵居然有"是不是要下雨了"的错觉。而

苹果用它红色的小背包背着6瓶水，是我们徒步的小驴子

　　且树的年龄估计都不小，根茎错综复杂，枝丫相互缠绕，像是说"反正在荒山野岭没人看管，我就想怎么长就怎么长"的任性模样，而且事实上也的确如此。

　　另外一路上看到很多牛，不知道是天气太热的关系还是没到耕田的时间，每一头都像巴特尔在马刺打球的那阵子一样无所事事，蹲在水塘里或者优哉游哉吃着草，一头工作的牛也没见着，徐悲鸿《村歌》那幅画好像也是此等光景。

　　下午两点回到阳朔，阿水和我们道别，我们给他徒步的钱他说什么也不肯收，还仔仔细细地为我们画了隔天去漂流的地图。

　　如果有人准备去阳朔玩，时间允许的话，请务必作一次类似的徒步。背包客也好休闲族也好，脚步快的话估计两三个小时就能走完全程，慢悠悠边

石墙后的柔软

走边看山看水（看牛）的话也不过五个小时，并且绝不累人，是属于哼着田纳西华尔兹就能轻松走完全程的线路。

不过能不能找到阿水那样的向导就不得而知了，道别的时候阿水说他正准备作一次长途旅行："从阳朔出发，我想骑车绕中国一圈。"

了不起的阿水。

第二天傍晚我开车回桂林，妻坐在副驾打着盹，苹果在后箱津津有味地看着后窗，朋友们挤在后座翻阅着照相机里的相片。我想阳朔毕竟还是有令人怀念的地方，我们的朋友阿水，精致的山水，古老的村庄，还有牛，当然还有牛！

# 八月桂花酿，满城米粉香

**我**们小区有一家饮品店，卖奶茶或豆浆什么的，夏天还有冰镇酸梅汤。饭后和妻走去漓江散步路过，我们会买一杯饮料，两人分着喝，有时候忘了带钱，就厚着脸皮跟老板娘赊账。

"没关系，不过就是两碗米粉钱，下次再给。"老板娘摆摆手乐呵呵地说。

在桂林宠物网上报名参加活动时，也经常会看到这样的帖子：下周末去某某景区，当天来回，包车包午餐，各位狗狗的爸爸妈妈请跟帖报名，报名费十碗米粉钱。

信不信由你，米粉对于桂林人来说，相当于一种内部流通的度量值。

"销售员，我要买宝马X6，标配。对了，这个月购买是不是能打折？听说可以免掉五千五百碗米粉钱？"差不多就是这种调调。

第一次听到桂林米粉这个名词，是从白先勇的小说《花桥荣记》里。那时候我还在纽约读高中，吃双份起司的牛肉三明治或油滋滋的多奈兹。回到中国后才发现原来桂林米粉相当驰名，遍布神州大地。记得和妻住在上海时，平均每隔几条街就会有一家，无论数量还是质量都与兰州拉面、沙县小吃和中国移动授权店不相上下。

妻是忠实的桂林米粉拥护者（真是名副其实的"粉丝"啊），一碗加了肉末酸笋、豆角芫菜酥豆的热腾腾米粉，再加一丁点辣椒酱，她可以连续吃一礼拜。

白先勇在《花桥荣记》里写丫头为了介绍秀华给卢先生，亲自做冒热米粉的那段，细致地描绘过："卤牛肝，百叶肚，香菜麻油一浇，洒一把油炸花生米，热腾腾的端出来。"

《花桥荣记》虽然写的是关于台北的故事，却通篇流露着桂林的味道，简直是提着鼻子就能闻得到荣记店里的样子。号称柳州城有一半是他家的李老头，被儿子遗弃流落台北，七十岁生日那天让米粉丫头做了一大桌桂林菜，全部吃完后一个人回家上吊；出身桂林大户的卢先生，能演旦角小金凤唱昆曲《薛平贵回窑》；三十好几独身痴等订了婚的桂林罗小姐，最终无法与未婚夫团聚而自暴自弃，被人发现趴在书桌上安安静静地死去。丫头拿走卢先生唯一的相片（他和罗小姐在漓江边花桥上肩靠肩拍的）挂在台北的桂林米粉店墙上，四处向人炫耀着她的桂林老家。

之所以这么详细介绍这小说，是因为在桂林的大街小巷任意一家小店吃米粉，不管你愿不愿意，都会触摸到小说里那种深深的桂林情结，即使从未读过这篇文章，你也会有种莫名的类似感受。对外地人来说，就是一种厚实的浓郁的历史感，仿佛身处在挂着昏黄电灯的小小的博物馆里。对当地人来说，那种情结恐怕已经被埋藏在记忆尽头，却依然顽强得甚至顽固得与脉搏血液融为一体。

其实在中国旅居和旅行的这些年，很多像桂林这样的老城都能有着类似的氛围，通过平凡的小吃、装饰、古词或者一处传说，就能让你沉醉在说不上来但流连忘返的情怀中。我绕着美国南线和北线旅行的时候，则从来没有这样的共鸣，边读着菲茨·杰拉德的《了不起的盖茨比》边开车去东汉普顿，充其量也就是"啊，这里能看到黛西的那盏绿灯吗？"绝不会产生让我无法言语无从思考的遥远的存在感。

说起美国这个国家，我想应该是匮乏悠久历史的原因，旅行的过程中经过的城市或城镇大多叫人提不起劲来，不断重复出现的超市、牛排屋，沿着缅街（Main Street）肯定能抵达市中心，然后看到千篇一律的教堂。所谓的文化无外乎爵士乐和南北战争，当地人追溯六代以上都是欧洲移民，于是文艺青年们聊着聊着又漂洋过海地找回莎士比亚。曾经兴致勃勃开着车去新泽西州南橘市，那是唱《You Were Meant For Me》的乡村歌手Jewel的故

一家子在午睡，你能看出豆豆头和屁股的方向吗？

乡，结果不出所料，超市，牛排屋，缅街，教堂，麦当劳。

我个人是强烈推荐《花桥荣记》这部小说的，你会从中找到一个朦朦胧胧，但完完整整的桂林，如同小说里在荣记包饭的那几个人物一样，借由小小的一碗米粉，以最直接最纯粹的方式连接到千里之外他们心中的故乡。就算你说你并没有打算去桂林吃米粉，小说本身带给你的冲击力也值得一读。

忘了在哪看到的逸闻，白先勇曾两度回到桂林，下榻榕湖饭店的第一句话总是："有没有桂林米粉？"

走在桂林市里，除了十步一家的米粉铺子，还有一样随处可见的东西，就是桂树。

我出生在上海，我们家所在的地名叫作香花桥，出自于周边成片的桂树林。直到今日，我们老家的楼下还有着十几株好几十年的老桂花树。

可是十月初，当我被桂林满城的桂花香包围的时候，我却完全无法唤起儿时的记忆，虽然香味相同，但其规模、气势和分量都是以颠覆性的姿态出现在我面前。

最初知道桂花开的是妻，我们在阳台上乘凉，妻忽然仰着头说好香呀，于是我仔细闻，一股淡淡的甜腻香味飘浮在空气中，妻指着小区楼下一排排的桂花树："看，都开花了。"

随后的几周，整个桂林市的桂花一发不可收拾地席卷而来，简直就像在宣告桂林市主权领土般地占领了桂林市区的每一个角落。对我来说，一小块桂花地或许能叫人喝着普洱悠悠念起戴望舒的诗，开满整个植物园的桂花树说不定能叫人心旷神怡地漫步其中，但是一座城的桂花香？满满一座城的桂花香？开什么玩笑？有必要香得那么蛮不讲理吗？我没有乱写，当时走在浓稠得仿佛要在鼻腔中积起一层桂花蜜的中山路上，我真的就是这么想来着。

随便谷歌一下，便能得知这里桂树早在两千多年前就已经开遍全城，桂林因玉桂成林而得名。甚至得知，历史上最早关于桂花的记载，就是在一万年前新石器时代桂林甑皮岩的文化遗址，了不得的事实。就算桂树突然大摇大摆地开着玛莎拉蒂带着LV包跑到你面前说别在我城里撒野，你也无话可说，毕竟人家不只是富二代，白纸黑字写着的是富好多好多代。

十月到十一月，我和妻几乎每天都出门逛一会，不是到郊外的什么景区，也不是为了去餐馆吃大餐，仅仅就是沿着小区门口的崇信路往北走到中山路，然后原路返回。繁华的大道依旧嘈杂，汽车排队买火车票似地堵成一排，秋老虎迟迟不去又湿又热，不过盘旋在身旁的桂花香，还是无所不在无孔不入的覆盖住我们身体的每一处感官，反正走到那里都掺杂着这个味道：桂花香，桂花香，桂花香，公交车排气孔后面，洗车店门前，椿记烧鹅餐厅里，象山景区售票处，好吧，除了米粉店里的酸笋味还能独善其身。

　　好像被一团胶状的蜜香盖起来的城市，这对我们来说真是相当难得的体验，之前连想都没想过这种场面，离开桂林后再也没有过类似的经验，虽然对我来说桂林的很多地方都不尽如人意，但是单单忆起我们曾经住在把花香当被褥盖的玉桂之乡，其他一切都是浮云了。数大就是美这种无脑的堆砌艺术，原来不仅仅是张艺谋的强项，也是桂林给他子民别具一格的礼物。

　　逛街的那阵子，妻买了不少桂花酱，当地人打着自家门前的桂树自己酿的招牌。妻挽着我不停地说好香呀好腻呀好香好腻呀，我随手摘了一朵桂花插在她发梢。我在想，每年秋天被花香淹没的桂林人，应该多多少少有着一些与众不同的桂林气质，李宗仁、白先勇、曹尧宾皆是如此，徐悲鸿、齐白石以及我太太居住在桂林的时候也沾染了些许，具体不好说，反正愁容满面的那个地产经纪不在此列，如果你还记得他的话。

# 北京——

## 霓虹灯到月亮的距离

"啊，啊……"妻一大早用高分贝唤醒我和苹果，"我的天哪，我的第一个白色圣诞。"然后双手一摊，瞪着睡眼惺忪的我："礼物呢？"

# ┃ 冬雪

**住**在北京、青岛或威海的时候，冬天常常有朋友打电话，发信息给我们：

"啊呀呀，天气预报说你们那又有寒流了，都快零下十度了？"

"没关系，我们有暖气呢。"

"说你们什么好呢？南方那么多地方不住，偏偏跑北方去挨冻。"

"没关系，我们有暖气啦！"

"以后别再往北搬了呀，看报纸低温创纪录，还有人被冻死呢！"

"没关系，我们有暖气……"

这样的对话永无止境，只要是南方的朋友，知道我们在北方过冬基本都会说类似的话，言语间关切之情表露无遗，但大多表示无法理解，仿佛能够想像我们全身正冒着白气、满脸冰碴子冻得硬邦邦地坐在客厅，蹲在电饭煲大小的暖气炉前面听着舒伯特的《冬之旅》，窗外一片灰白枯树被吹得摇摇晃晃。

好吧，我们确实偶尔会听《冬之旅》，窗外一片荒凉狂风大作也是事实，可是就如同之前所说的：我们有暖气。

虽然不能一言蔽之，不过就个人而言，相较于南方阴冷潮湿又极少有小区供暖的冬天，我更喜欢在北方过冬，如在威海居住时写道：穿着裤衩喝着冰镇金橘柠檬。反正只要不出门，完全感觉不到窗外那个北风肆虐的世界。

十二月底，我们离开桂林，开着车沿着京珠线穿过长沙、武汉、郑州来到北京。我们在桂林租的房子因为没装电暖气，太阳能热水器也经常出状况，以至于到了十一月我和妻就只能穿着好几层毛衣待在家里瑟瑟发抖。

"这样下去连工作都没法好好进行了。"我对妻说。

"室外还比室内暖和。"妻裹着毛毯，薄薄的玻璃窗根本挡不住又冷又湿的空气。

"搬去北方吧？"

"嗯嗯，我要去看雪。"

就这样我们又开始着手准备搬家，最初打算一路开到东北、沈阳、丹东或者哈尔滨。可是单单在谷歌地图上看着那三四千公里的驾车路线，我就已经腰酸背痛。

"先住北京一阵，过了这个冬天再说。"我俩达成共识。

决定住北京的另外一个理由，是因为好友石头一直极力邀请我们去住。石头是我之前玩网游魔兽世界时认识的，还带着老婆来威海找过我们，热情好客，典型的北方人。

抵达北京顺义的那晚是冬至，零下五度，两年前的同一天豆豆化作天使，苹果开始跟着我们走南闯北。

我们的新家是一栋漂亮的三层楼建筑，有些年头的红砖墙上长满了爬山虎。我们住一楼，三室一厅的格局，门前有一个小小的花圃，中央长着一株两层楼高的松树。搬进来的第二天妻就去买了一大堆圣诞饰品，我们用两长串彩灯和很多彩球及彩带把松树打扮得又华丽又热闹，插上电源，缤纷的灯光映在卧室的玻璃窗上，我俩暖暖地坐在床边看。"我终于有自己的圣诞树啦。"妻开心得不得了。

房子是石头替我们找的，每个月三千四，有些贵，不过实在不愿意大冬天的满城转悠着找房子了，当时打算到了夏天就继续北上，于是硬着头皮付了半年租金。

妻戴塑胶手套调配肥料，洒在开满指甲花的院子里，后摘花捣汁涂抹在指甲上，五颜六色说不出的俗艳。可是她摊开双手得意洋洋，曰"纯天然"

　　石头夫妇俩和我们住在同一个小区，从我们家出发，经过一块栽着整排高大柳树的草坪，穿过小区内的马路进入东区，一直走到底便是。东区是别墅区和复式小楼，一栋通常只有一户或两户。他们家就是三层楼带露台的大复式，典型的白领成功人士住宅区。

　　石头比我大五岁，剑眉，大眼，脸型有点像吴彦祖和李亚鹏的综合体，非常帅气。他以前是在微软做市场经理的，老婆怀孕后决定辞职在家，我们到北京的时候他儿子已经满月，他每天的工作就是照顾老婆儿子，楼上楼下地忙活。

　　说是这么说，不过他们家还有高薪请来的月嫂和长期住家的保姆，除了被老婆差遣着做些杂事，给儿子念《民主与法治时报》以及安装正版XP系统（后两个是开玩笑的），并没有多少正儿八经的活。石头有一次私下跟我说："趁不上班在家，终于可以安安心心地每天下一两小时副本了。"但愿

磨墨提笔，写副对联，辞旧迎新

他老婆不会读我写的东西——阿东（石头太太）非常反对他玩网游，若知道
这往事估计当着儿子的面让他爸爸罚站写悔过书都不是没可能。

　　阿东是广东人，从小在北京长大，家境富裕，比石头大一岁，一米七五
的高个子，五官标致，像关之琳和徐帆年轻的时候（我可以拿今年一整年的
交通罚单放在胸口发誓，绝对不是为了刚才爆料石头玩网游而故意拍马屁
的）。

　　那个冬天我和妻经常去他们家吃晚饭，阿东煲得一手好汤，他们家保
姆做的广西菜也不错。旅居的这些年，我一直对我太太的厨艺洋洋自得，台

式的炸鸡排，威海的姜葱炒螃蟹，桂林的猪肚鸡都做得有模有样。以前游戏里聊到烧菜煮饭，石头一个劲儿地说他老婆烧的菜怎么怎么好吃，当时很不服气，心想你的口味我领教过，美不美味的评价基础不过是看能不能吃饱而已。到了他家正式吃过一顿后才知道什么才是传说中的大厨级别，阿东的一例七指毛桃清鸡汤味道之鲜美、层次之丰富简直到了令人感动的地步，对比之下妻以前做的鸡汤充其量也就是史云生速溶鸡汤加了鸡肉而已。

写到这我有种预感，好像一不小心糊里糊涂已经得罪了两位夫人，伤脑筋。

零九年的冬季，我们住在离六环只有五分钟车程的北京郊区，最接近市区的一次是去望京家乐福，四环以内则从未涉足。小区周围没有任何热闹的地方，除了晚上经常到石头家喝阿东煲的汤及与石头偷偷聊魔兽网游，我们基本就是宅在家里，听音乐看影片陪苹果玩"谁力气大"的游戏。

说起来北京并不是个适合旅居的城市，它太大，也太繁华，来此旅游尚可，故宫、长城、天坛、王府井等等名胜古迹不少，但是对于那些把家背在肩膀上旅行的过客来说，却缺少了某样至关重要的，小小的且精致的，让人可以心无旁骛地注视着的，触动心弦的东西。

"北漂的目的只有三种：寻找机遇，寻找机遇，寻找机遇。"

方先生坐在靠近暖炉的那头，边涮着羊肉边发表他的演说。

方先生是星星的男友，星星是妻以前在上海开小咖啡馆时结识的好友，两人住在三元桥，每逢周末就到方先生在昌平沙河租的四合院住两天。

他们的院子租金每年才八千，进门有一小片菜地，过了院墙后有一株很大的杏树，正房约有三十平米，摆着简陋的沙发、书架、电视机以及用来喝茶的老树根桌。平常他俩不在的时候，由一位看起来好像做了很多错事深深地感到对不起首都人民的长头发青年看着（后来听星星说他是个道士），他住西面的屋子，只有正屋一半大小，除了一张床一把椅子没有任何其他东西。

一月份的时候，我们应星星邀请去他们那里过周末，零下十度一群人窝在厨房热乎乎地吃火锅，老房子月烧煤的方式供暖，把煤块堆在厨房炉子里，通过管道输送到每个房间。

"只可惜大部分的北漂都空手而归，北京城现在的局面就是僧多粥少，一块机遇被十个人分着抢着，周围还有好几十号人在一旁馋着。"

方先生以老北京的身份自居，口若悬河地对我们这对初来乍到的小夫

帅哥和村姑，最快乐的事莫过于他俩都快乐！

妻灌输着外地人在首都的印象。不过他确实是土生土长的北京人，一口京片子，举手投足间都是京范儿。方先生年纪大约三十上下，戴金边眼镜，略胖，无论吃羊肉还是说话都喜欢眯着一对细长的凤眼。

"看看北京地铁就知道那是多大的一支北漂队伍啊，全国各地的人民，全国各地的方言，全国各地的打扮挤满了上下班的车厢，连插针的缝儿也没有。好不容易从中脱颖而出吧，又宿命性地被高物价、高房价的北京生活给

压趴下，结果又回去继续挤地铁，恶性循环。"

听着方先生的高论，我也不知不觉悲观起来：每个月房租三千四，猪肉越来越贵，开车经过加油站都不敢正眼看价格表，老婆每天都上淘宝，北京工作还那么难找，顺义后沙峪连地铁都没通（据说现在已经通了）。

不对不对，我这到底在想什么呀。

第二天，方先生领着我们去边上的一条大河上玩。河面结结实实地结着冰，我们带着苹果在上面走。苹果在冰上打洞钓鱼的人们之间兴奋地跑来跑去，对它来说这是个全新、有趣的世界。我牵着妻的手小心翼翼地走在冰面上，脚下不时传来嘎啦嘎啦的冰裂声，吓得妻不止一次考虑如果掉到水里怎么爬上来的问题。

"记得电影《南极大冒险》吗？人家玛雅能救援，咱们苹果也能。"我对妻说。

不一会天空飘起了雪花，小小的，稀稀疏疏地落在妻的帽子和肩膀上，像是四处游荡的精灵。她们舞动着各自的裙摆，每一件都是巧夺天工，都是独一无二；她们随性地找一处停留，然后渐渐地，悄然无息地化作水珠，渗进世界的每一道缝隙。

不知为何，直到此刻我才有种终于来到了一个新的地方，又要开始踏踏实实过一阵的感觉，我想妻亦复如是。

# 北京篮球故事

我喜欢各式各样的体育运动，上高中时经常逃课去玩台球，为了约女孩子死命练保龄球，学范志毅摊着肩膀踢足球，不过最喜爱的还是篮球。其缘由也得追溯到高中，当时为了修学分最后一学期连上三节体育课，全部都是篮球课，幸好本身就喜欢，不然至今拿不到高中文凭都有可能。

除此之外我想1994年NBA全明星中三个纽约尼克斯的队员也起着类似推波助澜的作用，虽然已经过了近20年，当时Ewing、Oakley和Starks一鼓作气杀入总决赛的经典场面依旧历历在目。

旅居桂林之后就一直没机会打球，搬到北京后得知小区有自己的篮球场，想好好尽兴打球的念头就再度热络起来。之后除了严冬、刮风和下雨天，我每天午后都会在球场玩一两个小时，夏季天黑得晚，淌着汗打上三四个小时球也是常有的事。

总之一面大口大口地吸着气，一面享受着篮球附在指掌间的触感，一种畅快淋漓的喜悦之情渐渐苏醒。鞋子摩擦地面的吱吱声，球穿过篮网的刷刷声与心脏快速强劲跳动着的声音彼此交织，仿佛聆听到一曲久违的熟悉旋律。

在我们小区打球的人主要分住客和在周围工作的员工，下了班五六点来球场运动一小时，出一身汗再舒舒服服地回家。

街区球场里绝大多数的比赛都是以半个场地作为活动范围，六个人或八个人在三间兰州拉面铺子大小的地方相互追逐，你推我挤，双方的速度、身材以及肌肉和骨骼的形状、汗腺的分布甚至人生面对成功挫折时潜在的反应都成了相互判断的依据。因此，久而久之就会慢慢凝固出一些属于该球场特有的精华，由那些常来打球的球友彼此撞击而产生，像演艺圈的规则一样不成文地刻在篮板上。

刚来小区打球的那几个月，我一直觉得这个球场的风气很"心不在焉"，不管认识或不认识的球友，都没有摆出篮球场里常有的"不分高下明天我就不去给神八点火"的蛮劲。高中生在这边一对一斗牛边讨论着考试分数；穿着耐克Hyper系列球衣、乔丹球鞋的小区住客边比着罚篮边交换着对股票和油价的看法；刚下班的职员凑成三个队比赛，其中某个突然跑到场外接起了电话："喂喂，关于那份档案，你去我办公桌的左边第三个抽

冬日午后，苹果和我打篮球，这家伙犯规犯得一塌糊涂

屉拿。"在场的其他人居然也就随便站在那里等他，有人发现他的电话一时半会打不完，便三五成群地凑对开始聊天。这要是换做在纽约的Rucker Park，当年的肯尼•安德森会把打电话的人直接塞到驴子屁股里去（查尔斯•巴克利就吃过他的亏）。

在这个球场你只要每个月出现超过两次，所有人都会把你当做并肩作战的老队友看待，对你热情得不得了，买冰棍时帮你带一根，喝水时分你一

半，有什么话题铁定拉着你一块侃大山。听起来似乎不错，可是有时候未免太过分了一点，比如有一次我们三对三打得正激烈，场下几个常来的哥们不知道聊到了什么话题，自说自话地冲过来叫我们停一停，然后拉着我去他们那儿让我给证明什么来着。老实说我去过很多篮球场打球，东半球的，西半球的，南方的，北方的，有因为打得太烂被人换下去的，有因为崴了脚退场的，有为了赶飞机被朋友硬生生拖走的，但是因为球友需要聊天而被叫下场的情况只在这个小区发生过。更糟糕的是，场上没人抱怨，全部像等着师傅烤羊肉串的客人一样笑嘻嘻地等我回去，兄弟们当时可是五分局四比四的紧要关头啊！

我记得其中有一位四十出头的大哥，每周五骑着自行车前来，腰际有些发福，上篮通常要走四五步。小区的几个高中生、大学生常跟他起争执，因为犯规或者耍赖什么的。反正一旦出现这种情况，那大哥就会把球抢过去，然后一副我吃过的球，哦不，是盐比你们吃过的饭还多的姿态与孩子们辩论，一个人对三四个完全不在话下。学生们也不肯罢休，据理力争，刚开始我总觉得他们吵得快要打起来了，结果一次也没打，倒是好几回干脆坐到场外用手机找起支撑各自论点的证据去了，留下在场的其他无关人士（包括我）瞬间在风中凌乱。

不过渐渐地我开始喜欢上这座球场"漫不经心"的风格，具体为什么我也说不上来，总之在我自己都毫无察觉的状况下，我也开始跟着大家一起动着嘴皮子打起球来，也会在关键球时刻因为一个笑话躺在地上捧腹大笑，也边用肘子顶着对手的腰边跟他聊着晚上去哪家吃烤肉喝啤酒。虽然从小到大一直是对着篮筐念着Be Like Mike练球的，虽然还不至于比赛到一半去打电话给老婆问一会带什么菜回家，但是偶尔搬到这样一个不用咬着牙拼命竞技的球场附近，倒也未尝不可。

我还记得有一个每到周末才会出现的大叔，听说有五十多岁了，不过球风相当彪悍，一身肌肉如龙似蛟，青筋暴突（温瑞安描述沈虎禅的词？）。大叔个子不高，但非常喜欢打篮下，一个跨步蹿进来，紧接着各种转身假动作，手肘磕谁谁疼，因为身高的关系还老喜欢用砖头一样硬的脑袋顶人肋骨。这种情况换作其他球场（比如威海），肯定会有人故意给他点小动作让他知难而退，可是在咱们小区，只听"啊呀啊呀，大叔您悠着点呀"的叫唤，比赛结束一群人聚在一起抱怨大叔心狠手辣，但从来（两年多来真的一次也没有）没有人对大叔恶意犯规，或者说过一次重话。

慕远就是第一年夏天在球场认识的，比我大三岁，浓眉，络腮胡，打起球来也是个愣头青，我们常笑话他防守的时候是一个正楷"大"字，进攻的时候是黑体的"力"字一板一眼，他是东北人，来北京读大学、工作，自然而然就定居下来。

总的来说，他是那种乍看之下给人很深印象的人，能让人小声赞叹一句：好一条汉子！一米八的个头，仿佛刀斧削出来的面部轮廓，看人的眼神不怒自威。熟悉之后才发现这人书卷气其实非常浓，平时没事就拿本书去新国展的星巴克坐一下午，晚上失眠会看法国电影，说起话来低声细气，好像在约女孩子去看日出一样。

我通过他认识了另外几个成为挚友的球友，有些是他刻意拉来球场的，比如有些木讷但善良正直的画家小戴，有些是他在球场向我介绍的，比如四十多岁还参加铁人三项的运动悍将詹明，比如号称收藏了四百多双乔丹限量版球鞋、打球赖皮但人缘极佳的胖子。

之后没多久，胖子的太太也顺理成章地成为妻的闺蜜，和我球场认识的另一个好友大周的老婆组成太太团，逛淘宝逛商场逛菜场，妻甚至还煞有介事地跟着她们买名牌护肤品，上健身房学游泳，听她们说东家长西家短，睡觉前扯着我的脸颊抱怨：我不要变三十岁，我不要变三十岁……

从那年夏天开始，我们每周至少聚会三次，之所以称聚会，是因为打完球我们还一起吃晚饭，大多数是在我家，妻负责烹饪，有时候也会去烧烤，无论哪处反正少不了啤酒和八卦，球场就像根捣药棍一样把里面的人搅和在一起。

我想我们原来六月份离开北京继续北上的搬家计划，之所以一而再再而

圣诞老人在树上待了两年，过了两个圣诞节

三地被无限期拖延，最终在这个离首都机场十公里不到的郊外小区居住了整整两年半，其主要的原因，不，应该说是全部的原因，都可以归咎于这些人。

我们甚至一度冒出长住顺义、不再旅行的念头，那是我们之前及之后都从未有过的。我们找着各种借口留在这里：过了冬天再走，这里暖气舒适；过了夏天再走，门前的罗勒叶还没三收；过了今年再走，工作太忙车子要修美剧《危机边缘》还没演完。我们开始预存很多红酒招待突然到访的朋友，我们开始搜集圣酷石冰激凌店的优惠券，我们开始存款并注意美金走向。

星星的男友方先生曾评论过北漂，我始终不认为我们是其中一员，可是有一种吸引着北漂的东西同样也深深吸引着我们，如同繁华灿烂的霓虹灯高高架在银月的中央，强行改变着我们对于生活的向往。

"简直就像吸尘器般不由分说地把我们储藏的记忆和认知吞进垃圾袋里。"我对妻说。

　　"寻找机遇，寻找机遇，寻找机遇。"我们或许没有刻意寻找，但还是宿命性地掉入了方先生不断狠狠强调的论调里，小区篮球场如同泰坦尼克号船舷上的一道小小伤痕，如同戴维斯·迈尔斯演奏《月之梦》时开头的几个小节，由此引来了一场无法阻挡无力招架的飨宴。我们背着家在旅程中缓缓移动，却看见了一场繁花似锦的海市蜃楼。

　　写这篇文章的时候我们已经离开北京，继续旅行，但是我清晰地记得当时是如何艰难地跨出出行的脚步。直至居住北京的最后一个下午，我仍然在球架下练习上篮，三月底的北京扬着细细的黄尘，球场就我一人，一旁的大草坪铺着薄薄的一层绿宣告着冬季的落幕。我能闻到一丝微小的气息，是从我身体内部发散出来的，里面混着胖子上周送的古巴雪茄味："30美金一支，你们要是留下来，送你一盒，外加我们那几栋房子随便住。"

　　我把篮球放在球架下，用塑料袋把磨破的第四双球鞋包好扔进垃圾桶，我几乎可以看到一个月后这里热闹的样子，但我完全无法预知明天开始的旅程将会发生什么。期待和茫然混在坚实跳动的脉搏之中，来自内心深处的蠢蠢欲动最终还是驱使着我们继续旅行。

# Ⅰ 画家的礼物

**在**我们住的这个小区，有一个怪现象，就是大多数的住客/业主都不上班，但都很有钱。比如詹明，他就是每天网球、篮球、健身房、游泳；比如胖子，若不打球，就是到处找人喝咖啡吃饭去工体夜店；比如慕远，一会在云南徒步一会在尼泊尔爬山一会在甘肃越野。

我和妻经常感慨，这个小区又闪又牛的人真不少，仿佛拼搏奋斗的岁月早已逝去，现在就是要好好优哉游哉享受时光。要说年迈退休还情有可原，可是统统都是三四十岁当打之年，事业有成的话不是应该努力更上一层楼吗？不过说归说，回过头看看我们自己漫无目的地从一个城市搬到另一个城市，也没什么立场去评判了。

只是当我为了赚下个季度的房租，对着电脑埋头苦干几天几夜，突然看到（经常发生）有人提着冰镇得恰到好处的白葡萄酒或者肥硕的海鲜来我家拜访，叹着气说最近真无聊日子真难打发云云，我还真由衷地羡慕首都郊区人民的富足生活。

当然其中也有另类的（或者应该形容为普通的），画家小戴就是其中之一，凭着技艺赚取微薄的生活费，月租两千六的房子里面只摆了画架和电脑桌，和我一样为了赶工可以不眠不休加班加点。

小戴是辽宁丹东人，二十八岁，有着很端正的五官，平头，身材结实，与人聊天时表情丰富，特别是堪称招牌式的灿烂笑容和困惑时的锁眉。他是个性格十分随和的人，艺校毕业后来北京进修，然后顺理成章地当起了职业画家，平均每个月作两幅讨喜好卖的画放在画廊出售，其他时间画自己喜欢的东西（一般都卖不出去）。

据他说从中学起就大量给人画画，素描水彩油画乃至大型壁画，最风光的莫过于他的画曾去法国参展。

"当时要运到法国的那两幅画老大了。"每次聊到这件事的时候小戴都很兴奋，扬着眉语调加速，自豪之情洋溢。

"我一路跟着他们上货车，生怕有啥闪失，后来听说顺利地上了货船，之后就是三个月的展出，和好几十幅别人的画一起。"他用手比画了下。

"那一定是你最满意的作品吧？"我问。

"还行吧，很认真画来着，不过毕竟是用来卖的东西，满意归满意，中不中意就不好说了。"

不得不说，小戴把商业作品和艺术创作分得很开，几乎到了泾渭分明的程度。他可以一丝不苟地按照画廊以及客户的要求，画出精美细腻的作品，水彩也好油画也好水墨国画也好，古典技法现代风格要啥有啥，扎实的基本功使他可以随心所欲地画出让普通人第一眼就赞不绝口的画作，绝无破绽。

这和他的个性不无关系，作为纯以艺术维生的人，他并没有他的同行之间最常见的通病：自傲自负。平常聚会的时候他一般只聆听，偶尔发表意见，若被谁反驳，他也是一脸你说得不无道理的表情，抿着嘴诚恳点头接受。

我想对于创作，有时候海纳百川的包容往往比特立独行更有帮助，除非你的才华真的达到某种高度，否则目空一切地漠视身边事物，咬牙切齿地憎恨俗世或平凡，那么所谓的艺术品，恐怕很难给人以"深"的感觉。苏轼曾在《书吴道子画后》里写过类似的话："诗至于杜子美，文至于韩退之，书至于颜鲁公，画至于吴道子"，小戴的商业作品差不多也吸收了众多名家的精髓，以至于客户任何要求他都能轻松应付，这也为他"画自己喜欢的画"积累了丰厚的底蕴。

我和妻经常去他家玩，窗台摆放着的巨幅周恩来素描是小戴最得意的商业作品，近两米高宽的头像素描每一寸都无比细致。另外在靠近厨房角落处排着十几幅背放着的画，直到很熟悉之后他才拿出来给我们看，是他空闲时随性的创作，很显然并不成熟，更没有完整的、自成一派的内容。

　　然而我可以清晰地触摸到那些作品里面正在逐渐蜕变的、可以打动心灵的质感。同样的感觉我年轻时读古龙的小说时也有过，《绝代双骄》和《多情剑客无情剑》里那种似是而非的崭新风格，这种隐隐约约的冷艳文体到《边城浪子》和《陆小凤系列》时终于破茧而出，仿佛沉积已久的暴雨，晚期《风铃中的刀声》里姜断弦和丁宁用插花的意境论武，则完全已经是大师的信手拈来（只可惜这本书没写完古龙先生就故去了，续写的于东楼简直就像是为了让读者了解枪手为何物般地草草作了结局）。

　　以前我在束河、丽江、台北遇见过不少艺术家，或者迫不及待自称艺术家的人物，我们搬到大理后也有不少。其中便有个再怎么落魄潦倒也不肯工作，靠着朋友路人接济过活的小说家，虽然说文无第一，读过他的作品后也觉得不错，有点意思，但因此而坚守他所谓的艺术底线则有点言过其实，理所应当地吃别人的喝别人的更不可取，说到底这样的人生既不是奢侈华丽，也不算高性价比。

　　还有些在当地小有名气的，时不时的在朋友圈子流传一些作品，因此自视极高，动不动就摆出一副高深莫测模样的某某家、某某师。留着胡子扎着辫子穿着民族服饰，薄弱的基本功导致他们只能把后现代或抽象等名词挂在嘴边，女孩子们的一句赞叹能让他们连续一周泡在酒吧夸夸其谈。他们的作品无一例外的空洞单调，写到这里我突然想到奉行拿来主义的花儿乐队，虽然这么比较多少有些偏激刻薄。

　　然而这些缺点在小戴身上完全找不到，他像一块璞玉般生活在北京郊区的小屋子里，全神贯注地画着，有些拿给画廊，祈祷卖个好价钱，有些留给自己，放在墙角用布遮掩。空暇的时间他约朋友打会篮球，喝个小酒，聊聊关于魏德圣的电影或者怎么与女孩子约会。

　　我还记得第一次见到小戴的时候，他穿着NBA公牛十号的背心，粗布短裤，蹲在球场边安慰被篮球砸到放声大哭的小孩。之后就在一旁独自练着运球，和每一个来球场的球友热情地打着招呼，不管认识还是不认识。

　　"常在中午就看你在这里练投篮，自由职业者吗？"他找我闲聊。

"是啊，做网站设计，没活儿的时候风风光光，有活儿的时候焦头烂额。"我说。

"哈哈哈，我也是。"他笑的真诚无比。

"同行？"

"我学画画的，差不多差不多。"

老实说当时他一边滴着汗一边撩起背心露出一身精壮肌肉，怎么也看不出来是个职业画家。听他自我介绍的时候我比较期待的是退伍军人、宽带维修员或者健身房教练，好吧，就算说是水管工我也能接受。画家？我开始想像布鲁斯·威利斯拉小提琴的样子。

2011年NBA季后赛小牛赢总冠军的那一天，我和妻去他家送饭（妻经常煮晚饭时会多做一份给他改善伙食），他兴奋地给我们看他的新画作："早上看球时，中场无聊顺手起草的，下午刚完成。"

一幅小小的水彩画，右边一个扎着麻花辫的女孩坐在一辆越野车的车头，摆着脚仰着头吹着风，左边是一个男孩牵着一只大狗，看着远方。背景是有些沉的土色，像是尘土飞扬的傍晚，云和风黏成厚厚的一团。

"我怎么觉得像是在画我俩和苹果？"妻问。

"就是你们俩呀，送给你们。"

一年后离开北京的时候，小戴正在和一个平面设计系毕业的女孩谈恋爱，他告诉我们他准备找一份工作，"帮公司画插图或者漫画什么的，总不能老让人家跟着我一起吃挂面。"他说。

"那自己的创作画呢？"我问。

"估计不会有很多时间去画了。"他锁着眉，仿佛有些累似地说。

"不过，只要有机会，我一定不会放弃的。"他用力地挤出一个灿烂笑容。

他也许永远也完不成心目中那幅完美的画，也永远拿不出什么了不起的作品，但在我的心中，他是一个真正的艺术家，无论是从绘画还是人生的角度来讲。而且妻常说，他送给我们的那幅画，是她有生以来看到过的最完美的艺术品。不是我拍马屁，妻有着远远比我敏锐的审美观，而我也自始至终相信，某一天，当小戴拿着画笔的时候，他已经是一位真正的大师。

画家的画。每看一回，妻都喃喃，"神形兼备，我想念他"

# ┃ 至交

**不**知道为什么，我们小区的住客们非常喜欢投诉，为了各种各样的缘由，而且统一约定似地打电话给物业，警卫骑着破旧的自行车咿呀咿呀地到我们门口，委婉地转达业主们的不满。

好吧，我并不是在抱怨，毕竟被人投诉不算什么光彩的事，而且终归有我们做得不对的地方。只是在其他城市，我们极少被投诉，所以刚搬来的时候特别不习惯，简直就像有个投诉机器根据某种预设模式劈头盖脸地要给我们一个下马威。

投诉的频率直到我们离开北京的那天都不曾减弱，倒是把我们俩训练得从唯唯诺诺升级到不动于色。比如刚开始有一次警卫把我们从梦中惊醒，说有人投诉我们家深夜敲榔头，我和妻睡眼惺忪战战兢兢地开始寻找声音来源，捣鼓了大半夜才发现所谓的榔头声音来自被大风吹的树枝和屋顶水管的撞击声。此时是凌晨三点，而且我们是一楼的住客，当时真得很气愤，但警卫说什么也不肯透露是谁在投诉。

两年后照样有差不多的事情发生，晚上十二点警卫咚咚咚地敲门："对不起，有人投诉你们家在午夜做饭，油烟味太浓。"

"不是我们家，"我斩钉截铁地对警卫说："另外我要投诉那个投诉我们的人打扰我们休息。"

"好吧。"警卫一脸愁眉苦脸的样子，估计也被这类投诉来投诉去的事情折腾得不轻。

我们楼上住着一对夫妻，四十来岁，没有子女，男的戴着眼镜开着沃尔沃的房车，很斯文的模样，女的年轻时应该很漂亮，说起话来细声细气，一样有着文艺范儿。听住在我们边上的房东太太说，他们俩每年要到维也纳听两次音乐会，还特地买了一套价值二十多万的音响。

每天下午开始楼上就会传来各种古典音乐，以海顿、莫扎特和贝多芬的曲目为主，巴洛克时期的也不少。我和妻都喜欢古典音乐，因此并不抗拒。可是除了周末，他们只要在家（通常都在家），就风雨无阻、从不间断地播放，多少有些招人烦。不过又不是住独栋别墅，邻里之间彼此就相隔一堵墙，忍忍也就过去了。

想不到有一天午后，为了测试我在淘宝买的二手功放的音效，稍微大声地放着Lady Gaga的歌，不到十分钟，房东太太就跟着Telephone里"I'm busy, I'm busy"的节奏跑来敲门："你们楼上的打电话给我，说你们放的音乐吵到他们了。"

"啊啊，真对不起，我这就关掉。"我不想给房东太太添麻烦。

"其实我只是转达，你们别在意，只要附近谁吵着他们听音乐了，都会被投诉。"

这件事之后，我们陆续被楼上投诉过五六次，都是在下午他们听音乐的时段，渐渐地我也摸出些规律：如果我们播放巴赫钢琴协奏曲或者新奥尔良蓝调，则基本相安无事；但若听王力宏或Linkin Park的流行音乐，看韩剧或《快乐大本营》，只要稍微大声一点，就有很大几率会触怒他们。想来他们对邻居的艺术修养有着很高的要求，就像创作《动物狂欢节》来戏谑其他音乐家的圣桑，听先锋派音乐《春之祭》时会勃然大怒拂袖而去一样。

搬家之前我曾有过这样的冲动，在他们听音乐的下午我把音响开到最大声，放曾轶可的《狮子座》和山寨《流星雨》剧集，穿贵人鸟男装和十块钱一双的洞洞鞋，坐在门前草坪上喝最便宜的二锅头。

妻及时阻止了这场损人不利己的闹剧发生。

旅居在北京，无论从生活方式还是我们本身的状态，都不能跟其他地方相提并论。从我们抵达这里的第一天开始，旅行者的身份就被潜移默化地改变着，无形地却又不由分说地被嵌进北京式的模板中：各式各样、天南海北的人们聚在一个小小的住宅区，纷纷以截然不同但个性十足的方式打乱着我们原本的每一个计划。

我想这也是我们常被投诉的原因。朋友们肆无忌惮地带着酒和喧哗前来拜访，篮球聚会、烧烤聚会、狗友聚会、太太团聚会，奢侈品与美味食材在屋子里渐渐堆积，对于喜欢安静和淡泊的住客来说确确实实是一种讨人厌的打扰。

记得2011年的中秋，我从上海出差回来，带了二十只半斤重的大闸蟹，召集了将近十个朋友在我家过节。胖子闻讯后立刻回复我："别准备酒，我带。"

结果那天他扛着一个二十斤沉的花雕酒坛来我家赴宴："院子里一共有两坛，老婆出生那年她爸埋的，不够我再去挖。"

那坛子约半人高，坛身上下还沾着湿泥块，坛口由好几道油纸与蜡封着。我和慕远两人小心翼翼地一层层把封口拨开，最后一道刚打开，一股醇厚的酒香立刻扑鼻而来，如同囚禁千年的妖精破匣而出。和玉米、大麦等酿制的白酒不同，黄酒特有的甜味并没有喧宾夺主的姿态，而是缓缓地但不由分说地填满我们家的每一个角落，与妻在厨房准备的菜肴混成一个味道，与剥落的泥土混成一个味道，与一旁饶有兴致观看的苹果混成一个味道，与我和慕远的手掌混成一个味道，每一处都仿佛酝酿已久的一场花开，每一处都浮着叫人不敢轻举妄动的陈香。

妻适时地端出第一批蒸好的蟹，金黄色的蟹黄被艳红的外壳包裹。我用勺子斟酒把每个人的酒杯满上。詹明是个懂吃蟹的老饕客，有条不紊地取下两只大螯，然后用剪刀把螃蟹每一边的首端和末端蟹脚剪下，各分三段，沾着温热的、伴着糖和姜末的香醋，细细地挑着吃。

"螃蟹刚出炉的时候太烫，先品尝蟹脚，散一散热气，再把蟹掩去掉，尾端可以用筷子挑出一小块蟹黄，不能浪费。"

詹明边说边打开蟹壳，挖一小勺饱满得几乎溢出的蟹黄："雌蟹吃蟹黄，雄蟹吃蟹膏，一口酒，一口黄，太腻就沾点醋，要趁热吃。"

20斤，30年，女儿红也不过如此，"为什么我爸没在我出生的时候埋几坛呢？"妻抱着最后一点瞪着我："都是我的！"

刚烫好的酒如丝绸般顺滑，随着鲜美无比的蟹黄在口中融化，简直像是画师作画时的一次泼墨般淋漓尽致，如同琴师闭目依依不舍送走最后一段余音般回味无穷。

我们从傍晚六点开始，说笑谈闹到凌晨四点，大周嚷嚷着不差酒逢人就干，红着脸眯着眼抱着小戴讲人生道理；胖子每过一刻钟就说一遍要不要把另外一坛也挖出来；慕远一本正经地讲述着他旅行过的每一个地方，不停地对我强调，这里你们一定要去，那里你们一定要去；詹明非常仔细地吃着螃蟹，他吃了四只，每只用时超过一小时；最伤脑筋的还是太太团那几位，过了午夜统统喝醉，大周太太语重心长地对小戴的女友说着千万不要结婚，结婚千万不要有小孩，有小孩千万别让他结婚之类歇斯底里的循环；接着估计

传说中的画家，传说中的北京
大餐，传说中的北京一夜

是妻或胖子太太提议，四个人一起做起瑜伽来，还挨个沿着墙壁比倒立，最后聚在书房烧地毯（好吧是抽烟，不过地毯被烟头烧了好几个洞）。

因此，毫无悬念的，我们被投诉了。

警卫简直像抗日片里的通信兵一样，一批接着一批带着最新情报，噢不，是投诉来门口报道，噢不，是转达。

胖子用溜得不能再溜的京片子应付着警卫，我则不停地敲书房的门："女同志们你们抽烟归抽烟，别大声哭大声笑，轻点啊！"

"啪"的一声，不知道是谁扔出一只拖鞋，看牌子应该是我老婆的。

宴会在四点准时结束，不是因为谁设定了闹钟，不是因为警卫们快跑断腿了，也不是因为二十斤三十年陈的花雕被分得干干净净，更不是因为连我家烧饭用的长城红酒也被喝光，而是因为胖子的太太突然冲出大门，抱着我们房东家花圃里的松树狂吐，然后猛地一脸砸向树根——是的，狠狠地，仿佛跟树根有什么深仇大恨似地用脸正面砸向树根。

这件事之后成为大家所有人的话题：

"娜娜姐啊，我说你是怎么舍得撞下去的？"

"胖子，你老婆太彪悍了！"

"典型的天使下凡脸着地啊！"

"有什么稀奇，你们不知道我家那位，"大周太太说："回到家门口，一时找不到钥匙，就用头撞门锁，一个劲儿说这样也能开门。"

那一次的聚会是我们北京旅居生活的一个巅峰，自此之后由于种种原因（也算是北京式的），这群人的友情慢慢产生了一些裂缝，不是什么不得了的矛盾，总之聚会常有，但都是分批来我们家了，彼此之间不对付的就故意岔开时间段。就个人而言，我并不太想把这类事情详细地写下来，一方面我其实也没仔细问，一方面我觉得这是人家的私事。

我只记得离开北京的前一星期，我们几个球友相约打了最后一场球，三月的球场很冷，小戴却还是穿着他那红色的公牛十号背心，大周手感全无，抱怨这两天工作太忙，慕远已经出门远行，胖子在昆明出差。

还有离京的前一个晚上，胖子太太特地赶来和妻道别，两人在门口依依不舍地拥抱，都哭得像个泪人似的。

这是个花团锦簇的霓虹世界，你不得不承认。

二锅头，伏特加，智利红酒，还有一瓶胖子珍藏多年的85度红酒（至今不知是怎么喝下去的）

北京离别前一夜，很显然，都喝多了

# 大理——

## 远方

在海地看海，这已是双廊为数不多的绝佳看洱海之地

# 1 六千公里的短暂人生

正式搬去大理古城之前，二月中旬我先到当地找出租房，结果一无所获。据古城认识的朋友们说，从去年起这里的房租开始暴涨，原来一个带院子的老房每年一万都不到，现在月租三千都很难找，装修过的则更贵。

在古城的几条要道上，随处都可以看到"求租古城内带庭院房"的贴纸，远远比出租信息来得多。你几乎能想像一群仿佛从名牌高压锅里爬出来的都市人，乍见到可以用酒精和阳光打发人生的小城，握着厚厚的人民币排着队找房子的模样。

这方面与七年前我们住过的束河古镇类似，如今在大理古城的咖啡馆里和人闲聊，多数长住客都会摇摇头：

"束河、大研古城还是别去了，又吵又闹游客又多得叫人喘不过气来。"

"大理还行，旅行团渐渐增多是没错，不过过了旺季，就安静下来了。"

"过几年也许会跟束河、大研古城一样吧，人满为患，酒吧挂着艳遇的牌子，里面满是千里迢迢来买醉的红男绿女。"

"那时候？那时候就搬走呗，去更安静的古城，租个房子，开个酒吧。"

其实我们何尝不是呢？开着车带着家当宠物从北方风尘仆仆地跑来大

理，从古城里汲取某些使我们愉悦的养分，把纸做的货币和垃圾留在原地。

昂贵的房价和极少量的现房也许从另一方面来说正充当着保护她不被迅速侵蚀的护卫。所以最终我没有找到出租房，而是在一家叫"远方"的客栈租了一间大床房，月租一千。

搬家成了难题，妻是个喜欢留东西的人，以往跟着我们一起旅行的瓶瓶罐罐床罩被套就已经塞满整个后备箱，在北京的这两年，不知不觉又积累了很多舍不得丢弃的东西，更糟糕的是我对于搬家的态度也渐渐向妻靠拢。

"无印良品买的枕头要带走吗？"

"要啊要啊，我睡不惯其他的枕头了。"

"你喝茶的杯子要带走吗？"

"最好带走，这杯子拿着多舒服啊。"

"那么懒人沙发呢？"

"把里面的泡沫拿走，不会很占地方啦。"

"你老婆要不要带走？"

"这个可以考虑扔掉。"

总之除了车运，还花了好几百快递费，最后抵达大理，被远方客栈当值的义工看到从后备箱扛出一大块厚地毯的时候，连我们自己都觉得不好意思。

我们计划在大理古城住到冬天，因为听说过了十一月这里会很冷，但愿离开的那天我们可以抛弃掉大部分东西。我们在北京沾染了一层无法轻易摆脱的腐蚀气息，它顽强地渗进我们的掌心，像小说《蚁兽出发》里的蚁兽般挥之不去。但总有什么能令其消散，毕竟，旅者终将收紧属于他自己的行囊。

从北京朝陕西、重庆方向去云南的话，其实也就3000公里的路程，不过为了不给远方客栈一下子添太多麻烦，我们决定把苹果先放在南京的好友丁丁家，四月份再托运过去。丁丁和石头一样，是我以前玩魔兽网游认识的，他家有一只母金毛叫奶茶，是苹果老婆，两年前生了一窝，丁丁留了大儿子笨笨。

"刚好让它们仨大团圆。"丁丁说。

我们的导航地图路线设计因此变成了一个反过来的耐克标志，沿京福高速到南京，顺道回上海，我父亲每年春季会回国玩几个月。之后载着父亲一起去浙江看望岳父，妻已经两年没回过老家。

停留几天之后，我们继续旅程，由京昆高速一路驶向昆明，最终抵达大理。地图上显示一共6300多公里，密密麻麻的线路标记横跨十几个省，启程的那一刻，系统语音一句"现在开始导航，请系好安全带"，口气听起来也像是头痛不已的样子。

我不太习惯夜间行驶，主因是无论在高速还是普通道路，绝大部分的车子都开着高光灯，被不停地闪着眼睛容易疲劳。其次就是很多老式的卡车要么完全没有后车灯，像幽灵船一样突然出现在你面前，要么干脆装两个极其刺眼的灯泡，像拿着强力电筒恶毒地审问犯人的克格勃警察，叫后面的司机想闭着眼睛超车的冲动都有，反正就是没有一个愿意好好开着（装着）正常的灯安安稳稳开车的。

于是我选择只在白天开车，并且每天尽量不超过500公里，包括停留的日子我们这趟旅程一共花了21天。话说费雯丽与劳伦斯有部老电影就是讲生命消逝之前的二十一天内如何幸福浪漫度过的故事，不过我和妻当下都活得好好的，况且一路上还因为这个那个的闹过矛盾，所以也没有什么可比性就是了。

离开妻的老家，沪昆高速的第一站我选在江西宜春，韩愈的"莫以宜春远，江山多胜游"写的就是这个小城市。安排路线的时候我从网上查到，宜春的温泉今古驰名，甚至还有长寿第一汤之说。倒不是为了多活几年，只是想到接下来近3000公里的长途跋涉，就恨不得泡在热气腾腾的温泉里松弛筋骨。

"你看你看，北京舒服惯了吧！"妻说。

结果这个落脚点糟糕透顶，传闻中的温汤镇景点留给我们的印象一塌糊涂，简直就像有人把整个国家旅游业的弊病一项一项列在报表上，然后请规划师建筑师严谨地按报表一丝不苟地开发出来似的。

下了高速是一条宽阔的迎宾路，两排各三条车道，可是当地的车辆横冲直撞，逆行的比比皆是，我们几乎是捏着冷汗转进温汤镇山路的，十五分钟后抵达一个破旧的小镇，有一条稍微热闹的马路，有一些餐馆和贩卖泳衣之类的杂货店，行人道上悬挂着七八条电线，不少断裂在地上。

除此之外还有一些挂着温泉旅馆/酒店招牌的房子，还记得住威海时我说当地温泉洗浴都像随便在地上挖个洞加个盖的寒酸样吗？这里也是差不多的光景，只是看起来应该都是新造不久的建筑，这么短时间内给糟蹋成这样也需要技术。

然而当我们驶入网上好评如潮的明月山温泉度假村时，却像来到另一个国度一般，四周郁郁葱葱的林野，远方层层叠叠的山水，占地面积不亚于整个温汤镇，很多独栋别墅错落分布在周围，中央是大型酒店。

前台询问了一下价钱，标间打完折六百八，不含温泉票，两人需要另付四百元。我掰着手指算了算，倒不是数学糟糕，实在是太贵，我怕算错。一个晚上要一千多大洋，同样价钱在东南亚一带可以住海上高脚别墅，在北美可以住有大壁炉的雪山小屋，在日本可以连温泉带五星级酒店还能送顿简化的怀石料理。

好吧我承认我们配不上这地方，妻更是捂着钱包催我离开，我们重新驶回温汤镇，一片无论如何也称不上旅游城镇的街景再次映入眼帘，简直就像是为了衬托明月山度假村的美丽大气而存在的可怜镇子。

我们试图找到一家折中的，三四百一晚带温泉且干干净净的酒店，可就是没有，一律是80年代集体修建的招待所模样，如同被拆掉经济舱椅子的客机，要么头等舱，要么蹲着。

一方面是卫生问题，一方面是怕治安不好，装满行李的车子玻璃被砸，我们最后还是硬着头皮回到度假村，妻边嘀咕着没钱啦没钱啦边去前台订房，我略微观察了下周围。其实生意真不错，好多西装革履挺着啤酒肚的成功人士三五成群聚在一起抽着烟等着入住，看上去像秘书或导游的人拿着一叠房卡和温泉票挨个分发。

妻付款的时候身边有一对年轻情侣正在问房价，是除了我们外唯一背着背包的客人，估计也是慕名而来却被价格吓得不知所措的旅人。对望的时候我们彼此都很无奈地笑了一下，意思差不多，就是在想怎么还真有人跟我们一样傻乎乎地跑来这种叫人腰子疼的鬼地方？

次日用过早饭（温泉则一滴没碰），我们继续西行，下一站是离这里不远的长沙市，我曾经去过好几次，是我很喜欢的一个中部城市。

我们入住的酒店是七天快捷，设施简约但清爽明快，订了两晚不到四百，我对妻说我带你去吃地道的湖南菜吧，妻这才从昨晚的金融危机意识里回过神来。

如果忽略长沙市相对糟糕的交通，她还是非常有文艺范儿的，撑着伞走在岳麓书屋的小道上，或在岸边默念"曾记否，到中流击水，浪遏飞舟"。我想如果有合适的机会，我们一定会来这里好好居住一段时间。

况且就算堵车，也不过就是叫人敲击着方向盘摇摇头罢了。而几天后的贵阳，那交通状况方能用惨烈来形容，真的是能让驾驶员说着脏话拉上手刹把车扔在马路中央走人的地步。

我们下午五点到贵阳市，导航上说离预订的酒店还有三公里，我跟妻说可以开始考虑晚上吃哪家贵州菜了。六点时依然还有一公里，我对妻说高峰时期快过了，还来得及找一家像样的地方吃晚饭。七点时到了目的地，一不小心错过了狭窄的停车场，面前全是令人绝望的单行道和禁止调头的标志，我对妻说我们酒店附近有夜市，开到很晚。八点时终于又绕了回来，酒店停车场管理员一脸抱歉地说已经停满，让我们去附近的另一个付费停车场。将近九点时终于把车停好，我累得两眼昏花，直奔房间埋头睡觉。

哦，对了，我有没有提到过到这里的驾驶员都是说着脏话下车走人的？

两天后我们终于到了大理古城，一路奔波的疲惫几乎深深地埋进脊椎，我俩躺在远方客栈的客房中，此刻正值大理风季的尾声，呜呜的风鸣盘旋在窗外，妻适时地叹了口气："这房间还没北京的厨房大呀。"

记录这段笔记之时，我们已经在大理居住了近半年，享受着这座小城带给我们的悠闲淡泊，下午工作结束后我会和妻牵着坐飞机托运过来的苹果逛街，淡季的人民路下段安详宁静。

即使如此，我还是能够清清楚楚地感受到那段阴雨伴随着的长长的旅程，心情在抑郁与暴躁之间不停起伏。其实每一次搬家我们都有着类似的感受，把一个刚刚熟悉的地方硬生生地换成另一个陌生的世界并不愉快，还要忍受搬迁过程中的各种突发事件。

我想，从生物学角度来讲，旅居的生活方式绝对是反自然的，又不是战乱纷起的动荡时代，年年搬家既不利于生存也不利于繁衍。只是虽然搬家的过程百般难受，可一旦搬完，当渐渐开始享受大理温暖而懒散的阳光，慢慢开始和客栈的80后们互跷二郎腿互吹牛皮的时候，不得不说，总能莫名其妙又多了一种人生体验。

# 为你跳支独舞

**我**们并没有计划去双廊，至少没打算这么早去，五月份我们忙得不可开交，我在赶着上个月搬家拖下的工作，妻在用心地布置新家。

客栈有很漂亮的院子、公用厨房、露台，不过归我们独有的只有二楼一间大床房，约十五平米，由于是客房，所以很脏，尤其在边边角角的地方。因此单单打扫，就用了妻一整个星期，每天用抹布把地板、厕所和家具先擦一遍，再根据脏乱程度用消毒水和除污剂着重清洁。自带的被子床单用手搓洗（妻嫌公用的洗衣机不干净），然后放在太阳下暴晒。

接着把地毯铺上，细软一一归置在瓶罐中，不常用的衣物塞进床底下，从一号店网购些生活用品，比如脚垫、牙刷、早餐、麦片之类的，妻用硬纸折了很多精致漂亮的小抽屉格子，挂在墙上，咖啡啦茶叶啦熏香啦挨个塞在里面。

最后摆上我的大显示器和音箱，咖啡机和二人用电炖锅插上电，安装完净水器后已经是五月中旬。我躺在懒人沙发上看着电影，喝着妻煮的咖啡，屋里点着柠檬草精油，锅子里炖着银耳雪梨，楼下的阿杰上来串门，进来的时候愣了至少五秒，按照网络流行语就是"瞬间碉堡"了。

"这青旅什么时候变成星级酒店了？"

"不对不对，是度假屋。"

"小陆啊，这不赤裸裸地拉大贫富差距吗？绝对影响和谐稳定啊！"

妻为他煮了一杯咖啡，阿杰一屁股坐在地毯上："我本来不觉得我的屋子有什么不好的，现在这一比较，你要我以后怎么住下去？"

霞光普照，普度众生，众生平等

我说旅行归旅行，家居归家居，和谐归和谐。

我记得以前看过一档电视节目，大致上是两对夫妻用少量的金钱，互相替对方布置居室，我觉得如果哪天妻去报名，导播最后可能根本不让播："这一集播出去，以后的节目怎么做？"大致就是这么个意思。

这么写可一点都没有拍我太太马屁的意思（虽然我常拍），总之妻是个极其注重细节的人，尤其在属于我们俩的小小空间，都不是什么名贵的东西，但每一样物品都归置得适得其所，简直到了你想到就能拿到但完全不觉得放得突兀的地步。

这才是艺术，我常对妻说。

我们去双廊多少跟艺术有些关系。

五月下旬客栈来了好几个客人，其中有一个是从北京来大理做专访的男孩，叫鸽子，他和朋友办了本关于民间艺术的杂志，采访对象之一就是我们客栈掌柜的合伙人。

我们的掌柜是广西瑶族人，是个天生热爱旅行的女子，个性平易近人，笑起来的时候妩媚好看，像齐豫留着细卷长发的样子。她和她的一个伙伴宣称要实现三个梦想：一间铺子，一个工作室，一本书。我没去过她们在双廊的手工艺品店，但读过纪尘（掌柜的笔名）写的游记，非常精彩，不是那种一路自说自话感慨着历史文化的科普读物或者满页列着车马费的账本式小说，而是实实在在地把她旅行中的所见所闻用她独特的视角认真写出来的故事。

言归正传，那天鸽子兴致勃勃地租了辆自行车，打算环洱海，顺道去拜会双廊的手工艺品店。结果下午发了个讯息给我："骑得难受死了，你们这两天要是开车来双廊，顺带把我快递回去吧，我实在骑不动了。"

"这鸽子转职成战地记者的话，只有躺着中枪的份。"我对妻说。

不过刚巧那周我父亲也在大理，他打算在云南各个古城走一遍，我们就决定干脆去一次双廊。

开车从才村进入环海西路（一条美丽安静的湖边小道），一路北上。到双廊之前会经过好几个村落，有一些临洱海而建，孩童们光着屁股在水里扑腾，大人们抽着烟坐在岸边。一团团倒映在湖面上的云朵多了些许飘逸的姿态，山像守卫般层层叠叠地站列在周围，千百缕阳光穿过云层，如浮转的经轮，把眼前的世界分成好几个轮回。

我们听着Jimmy Buffett的专辑《License to Chill》往双廊方向慢慢行驶，这位歌手早期相当坎坷，甚至还有被制作公司宣称录制的唱片找不到了而拒绝为他出片的经历，不过他的天分毋庸置疑，不少歌曲挤进排行榜前十，还出版过畅销书。

　　这张零四年发行的唱片收录了几首很适合晴朗的天气里开车旅行时听的歌，比如节奏明快的《Coast of Carolina》（卡罗莱纳海岸）。话说以前在美国旅行的时候我也曾开着车沿着大西洋海岸线一路开到南卡罗莱纳州过，走一号公路穿过缅因州和北卡东海岸外围的细长小岛，打开日产Sentra的天窗和同行的女孩一起大声唱绿洲乐队的《Wonderwall》。当着妻的面其实不应该这么说，不过此刻绕着洱海哼着"From the bottom of my heart, Off the coast of Carolina"，倒是跟那段旧时光有着差不多相同的畅快心情。

　　到达双廊老街时已经过了正午，第一感觉并不好，一条不太精致的村路，靠洱海的那头林立着众多客栈。客栈的规模参差不齐，也有几家令人印象深刻，一些现代流行的精品简约风格随处可见，之前听说很多外地成功人士来此开酒店看来不假。

　　可是愉快的心情随着这些酒店的小路走到洱海边渐渐不复存在，肮脏的湖边充斥着各种垃圾，如同得了反肤病似的水草浮在水面，波浪在十几米外就戛然而止，然后变成浓稠的酱汁似的液体缓缓拍打着堆满塑料瓶和腐烂布料的黑色泥土。

　　走进其中一条稍微宽敞点的岔道，可以看到一个小小的四方街，那里的湖岸干净很多，边上还有好几棵枝叶繁茂的老树，一些古老的宅子坐落在两旁。父亲是个喜欢特色建筑的人，便信步走入。

　　"这里要买票。"一个虎着脸的中年男人从十几米开外的距离奔跑过来，用手指着父亲凶巴巴地说。瞧那架势不像是买票，而是抓贼。

　　"里面有什么特别吗？"父亲问。

　　"是杨丽萍的酒店。"另一位穿着民族服饰拿着票的年轻女子走过来说，脸色仿佛全世界都欠她五块钱不还的模样。

　　"原来如此，那买票是应该的，你们维护也要成本。"父亲说。

　　我买了两张票，一共五十元，妻嫌太贵就不跟我们进去了。

　　检完票，陪着父亲沿着石头铺的小路前行，没想到才走了两分钟，就被一片乱石工地拦住。

步行半小时经过农田村庄小路抵达海地客栈

"能绕过去吗？"父亲问坐在一旁的工人。

"不能，装修，最近不开放。"

父亲气呼呼地走回四方街，询问买票的女人："来回要不了五分钟，如果施工不让进，你们就不能说一声吗？为什么还收钱？"

女子像是被踩了尾巴似地站起来："又不是我求你进去的。"

父亲摇摇头，我和妻合力劝说着他离开。老实说这里是片很漂亮的观景点，而且以舞蹈优美著称的杨丽萍内心应该没有这些管理员的戾气，只是，唉，实在不知道该怎么评价。

我们在手工艺品店门口与鸽子汇合，说到这些令人失望的事物，他也深有同感。

她太喜欢光脚踏水，可是却不会游泳，年年都
发誓"2012的末日都快到了，必须学会游泳"

"不过还是有不错的地方，反正不再需要用我脆弱的屁股骑车回大理，我带你们去看看吧。"鸽子说。

他要带我们去的是一家很有名的客栈，叫海地生活，在一个很偏僻的角落自成一格，据鸽子说老板非常用心地打理着客栈周边，还有无敌湖景。

前往海地生活的路上，有一段短暂的沿湖路，一样有不少客栈和餐馆在经营，湖面清澈，看起来像是新修建的，湖边大理石做的护栏还没有丝毫岁月的痕迹。

刚说了句"这才像传说中的双廊嘛"，结果鸽子带着我们拐了一弯，绕过一棵大榆树，没几步又是脏兮兮的湖畔——比之前更甚，因为是内湾的原因，涨潮时冲进来的垃圾堆积成小山般模样，还有硕大的老鼠在上面大摇大摆地跑来跑去，微风吹过一股恶臭。内湾的一侧有两家建着露天观景台的客栈，可想而知不会有什么客人坐在上面吹风喝茶。

再前行十几分钟，突然眼前一亮，一个开阔的湖景平台搭建在碧波粼粼的湖边。三两住客划着独木舟荡漾在湖面，走近俯身下望，一颗颗鹅卵石铺排在湖底触手可及，跟着闪烁的阳光一起流转。视野相当好，可以看到洱海对面的小村落，以及环绕的群山。

这么说吧，之前双廊给我们的印象就算再差十倍，这里的景色也能凭一己之力扭转，之后我们环过洱海好几次，见过不少令人流连忘返的景色，但像海地生活这般既拥有满目的湖景，又不乏细致修饰过的周边，却是独一无二。

"仿佛双廊的一支独舞，其他一切都相形见绌。"

"是的，不错吧？"鸽子说。

"可是这一路过来也太曲折了吧？简直像历经人间沧桑啊。"我对鸽子说。

我们坐在观景平台上喝着啤酒，懒懒散散地过了整个下午，离开的时候妻依依不舍："这么漂亮的客栈，我们也来住一个月吧？"

"想想你每天出门买菜要捂着鼻子经过的那个内湾垃圾场。"我说。

"当我没说。"妻毫不犹豫地否决了自己的提议。

# 1　烈日的盛宴

**我**们客栈的八人间住过一位二十五岁左右皮肤晒得很黑的贵州青年，叫伊昊，每天都会带着各式各样的朋友回来喝咖啡聊天，是个很爱社交的人，久而久之我们也慢慢熟悉起来。

他称自己是流浪诗人，据说几年前辞了职开始在中国各地旅行，以卖明信片维持生计。我看过他的明信片，都是一路上自己拍的，不是特别吸引人，但他贩卖的方式与众不同，会给每一个顾客即兴写一首诗附在明信片上，每次路过他在人民路上摆的摊位时都能看到不少人围在四周，尤其是年轻女孩子。

"每一篇都是独一无二的。"他自信十足地说。

伊昊无论去哪里，随身都会带个小本子，一有空就会坐下来写东西。我问他都写些什么？"日记之类的记录，保持写作的状态，另外练习写字。"这么说来真是惭愧，虽然这本书洋洋洒洒地写了十几万字，可全是用键盘打出来的，回想上一次捏着笔在纸上写出一段完完整整的东西（快递签名不算），大概要追溯到油价还在每升两元钱上下徘徊的年代。

他是个很穷的旅行者，每个月付完房租吃住，剩下的只有十几元，还经常会出现负数。所以妻做饭的时候经常会算他一份，或者偶尔替他垫房租欠款，不是什么大数目，二三十块钱或者一盒鸡蛋什么的。"如果现在回老家找工作，估计以后再也写不出诗了，因此无论如何我也要撑住。"他一面替自己衣服打补丁一面剖白。

他这么坚定说着的时候，我被自己以前也是这样的类似经历所打动。虽然已经过了将近二十年，但曾经我也同样拿着小本子在暑期工上下班的地铁上，在大学课堂的书桌上，在独自野外露营的微弱篝火旁，没日没夜地密密麻麻地写着小说和诗。钱花光的时候问同事借钱买九毛九的麦当劳汉堡当早午饭，但现在，却轮到我去帮助别人了。

如今我也会因为想写一部小说或拍摄一部短片而暂时放下手中的一切工作，网站客户不停地催我交货，公司的销售不停地打电话要我完工，妻钱包里的现金一天比一天少，只是不管多么焦头烂额，如何被现实生活羁绊，我大概都不会再像这个青年一样遭受到切实的困苦了吧。而且只要重新开始工作，我就有正常的收入，妻就能开开心心地上淘宝买她喜欢的东西，从世俗的角度来看我似乎已经建好了遮风挡雨的屋檐，可是我却发现自己因此失去了某种曾经迫切需要的广阔天空。

伊昊让我无比怀念堆积在纽约老家抽屉里厚厚的一堆笔记本。

六月中旬的某一天，伊昊跟我说他有个巍山的朋友邀请他去那里玩，问我们要不要一起去，我欣然答应。

他的朋友叫阿冰，阿冰哥哥在当地新开了家建材商店，按当地的风俗要宴请全村的人。"届时会摆五十桌流水席，全村四百多人都会来，还有巍山有名的彝家八大碗。"

就冲着这句话，即使忽略掉在大理古城几乎十步一家的"巍山扒肉饵丝"店，应该也没有谁会拒绝邀请。

我们提前一天出发，在古城坐八路公交车到下关再换乘驶往巍山的长途车，从省道一路向南，乘坐的小巴拖曳着飞扬的尘土驶往巍山。全程约两个小时，从人来人往的古城老街到一路被烈日暴晒的干裂土地，只不过翻了半座山，却宛如隔了半个世纪。

靠着车窗往外看，224省道的两边是连绵起伏的山峦，中间隔着数公里宽的农田。即将落山的夕阳依旧热辣辣灼烧着肌肤，对于游人来说，你可以清楚地感觉到大理古城中黏附在你指尖的轻薄味正在渐渐消失，干裂的泥土正在贪婪地吸食你身上散发的每一处浮华。

严格来说，阿冰家并不在巍山镇子里，而是距离镇子五六公里的一个村落，于是我们在巍山镇下车，立刻挤进阿冰替我们叫的三轮摩托车。十五分钟后在村口下车，徒步朝村里走去。

一路穿过大大小小的农田，多数只有枯萎的庄稼和干涸的水渠，翻滚的土地堆砌着延伸向远方，与远山接壤，有些村民正在打井，有些村民守着仅剩的几亩烟叶地无可奈何，橘红的天空裹着几团轻云，和田野间袅袅缭起的炊烟流转斑斓。

夕阳的另一头，天际已经变成一片深蓝色，并且逐渐蔓延到头顶，东西两方以截然不同的颜色对峙着，也许是干燥的原因，眼前的这场艳显得无比通透，仿佛一切光和声音都可以毫无阻隔地穿过一切映在你的瞳孔深处。

虽然相隔万里，文化和语言都不同，可是若你听过邦尼·泰勒的《Total Eclipse of the Heart》你会觉得开始的前奏和男声部分的那句"Turn Around, Bright eyes"放在这里有种莫名的契合。

快到阿冰家的时候，我们在水渠旁看到一位蹲着抽烟的老人，他一动不动地望着眼前荒芜的农田，苍白的发和被风霜凿刻过的皱纹诉说着叹息，我想没有人比他更清楚昨天、今天及明天的意义了。

阿冰的家是一个老旧的平院，三面矮房和一面干裂的墙围成一个正方形，西面角落有一口井，黑漆漆的不见底。

"因为这口井，我们比别人幸运多了，至少不用每天去很远的地方挑水喝。"

阿冰是在这村里长大的女孩，刚满十八，皮肤黑里带红，热情好客，笑的时候喜欢皱着鼻子，像现实中长大了的莫小贝（当然和华山派掌门应该没多大关系）。

我们也见到了阿冰的爸爸和哥哥，她父亲是个矮小精干的庄稼汉子，不多话，进门的时候正在用小锤修一张木桌，朝着我们微微点头，敲打钉子的声音铿锵有力。她的哥哥在一旁帮忙扶着，和父亲长得很像。他是个懂事能干的年轻人，只是眉宇间已经有了些掩饰不住的疲惫。

我想是因为旱情的关系。

阿冰和奶奶

"昨天我们全村还开过会，村长两手一摊，"阿冰做着无可奈何的样子："说水最近是没有了，补给也轮不到我们村，大家自己想办法吧。"

"家有一井，如有一宝啊。"她皱着鼻子笑起来。

我们当晚住在她家，吃井水烧的饭，睡满是灰尘的床（因为没有水清洗），看横梁上老鼠打架，听隔壁老黄牛不停地叹气。

说不艰苦那是自欺欺人，不过其中也有一些使平常绷紧了肩膀走路的人松弛下来的东西存在，比如仰坐在院子里对着久违的繁星哼南方二重唱的民谣，比如手机忘了充电却浑然不知。无论如何，你会发现原来那些熟悉的事物并非伴我们入睡的必需品，比如啤酒或者麻将，比如淘宝或者微博，比如越了狱的苹果产品。

由于环境的关系，我想这里的世界观跟一百多公里以外的大理古城里那些穿着Timberland登山鞋开着丰田越野车的老兄们和涂着雅诗兰黛防晒霜娇滴滴地喝Mojito的女孩们的观感有着相当大的差距，因此任谁都没有值得趾高气扬的理由。

一夜酣睡，好吧除了隔壁那头唉声叹气了整整一夜的老黄牛，真好奇在这连《北京爱情故事》都还没转播的地儿它到底有什么好伤脑筋的。

次日八点半，我们聚集在举办宴席的大院里，阿冰家和他们的十来个亲戚已经开始忙碌起来，饭局从十点开始，一直到晚上。

盛宴后的辛苦劳作，从清晨的赶集、买菜、收做至晚上的清洗
碗筷、整理桌椅、打扫祠堂

上菜了，在吃喝中忘了那些陌生的菜名

"阿婆，你真漂亮，衣服也好看发髻好整齐"……"阿婆，给我装点你腌的辣椒酱带回去吧？太好吃了"。果真是无事献殷勤，非奸即盗，我看着妻

　　吃早饭的时候见到阿冰的外婆，穿着很漂亮的花布衣，招呼着来帮忙的亲戚们。她有着甜美的笑容和温柔的眼眸，如果时光回到三四十年前，她也许是村里最漂亮的姑娘，岁月也许苍老了她的外表却从未腐蚀她的气质。

　　用完早餐我们一行人到阿冰哥哥的新店里集合，陪着外婆送茶端水，向每一个前来道贺的人递上瓜子、香烟、葵花子和大麻子（阿冰说这玩意真是大麻的种子，就是没香味也没大麻疗效）。这里还有很有趣的斗炮习俗，道贺的客人拿着鞭炮在店铺门口放，主人必须也还敬一轮鞭炮，非常热闹，一整天都烟雾腾腾噼噼啪啪。

　　下午三点开始，大家陆续走去宴会院子吃饭，一共二十桌，吃完收拾下立刻再摆满一桌，客人一波接着一波。厨房掌勺的是阿冰的阿姨，带着一个私家班忙碌，我们几个围坐一边帮忙剥豆子，或者给长者斟茶，偶尔会有些迷惑，似乎梦想和现实都远在千里之外。

　　傍晚时分我们搭小巴回下关，临走前阿冰硬塞了我们两包大麻子，她的笑容灿烂，宛若千阳。我们倚在车窗前对她挥手告别："大理见"，一辆马车从车边慢慢经过，渐渐地，彼此都消失在汽车带起的浓厚尘土之中。妻有些伤感地说：

　　"快点下一场大雨吧，把这里的一切都润湿。"

# 1　雨季不再来

**在**大理古城长住的外地人，大致上分三种。

第一种是捣鼓艺术的，年龄层次跨度很大，分布在各个大大小小的客栈和私家院里。他们之中不乏有些韬光养晦、修身养性的名士，为了一个作品或要突破自身瓶颈在此潜心创作，山水与人文赋予他们灵感，凝聚与众不同的风采。但也有不少仗着几手三脚猫的功夫，念叨着"远离喧嚣，拒绝世俗"这些流行词，来古城糊弄着游客和他们的同类，晒着太阳喝着茶或者泡在酒吧里的时间远远多于练习。

不幸的是在大理半年，我见闻的艺术人士后者占了绝大多数。这群长住客有一个自己的圈子，每天相互串门相互吹捧，口头禅相差无几，你猜我昨天跟谁吃饭了今天看到谁了明天有谁要来我家了，我坐在不同的咖啡店工作或牵着苹果溜达的时候经常遇到。他们口中的谁谁谁，一般都被冠以各种名头，摄影师设计师建筑师，书法家雕塑家画家作家音乐家，再不济也是个思想家。

住我楼下的阿杰是个开餐馆的，休息的时候会练练毛笔字，有一次他就跟我抱怨："有几个常来我这吃夜宵的人，听说我在练字，就开始七嘴八舌地指点起来，还有人跑回家拿他的字给我看，一副'怎么样吧不错吧'等着我夸奖的表情。"

"其实真的不怎么样，虽然我练字没练多久，可是那样的作品要挂在我店里，还不如挂我自己的。真是一群喝了两年墨水就自比王羲之的家伙，哦对了，还真有个人说他的字体是基于兰亭序的碑帖改进的。"

如果你问我看法的话，我觉得我更欣赏北京的画家小戴，实实在在地生

那年我们在远方的日子，妻混在一群90后的小女生中装嫩

活勤勤恳恳地作画，从不会迫不及待地逢人就炫耀自己卖好几千块的作品。在达到自成一派的层次之前，他刻意回避身边的艺术圈子，也不对法国参展这类成就沾沾自喜，每天纯粹而刻苦地练习。对于小戴这样成长中的画家来说，浮夸的大理古城反而成了一种累赘，况且如今的古城早就没有"采菊东篱下，悠然见南山"的氛围，这点谁来谁知道。

第二种长住的是外地人，不，应该称之为外国人。

来大理之前，玩户外的慕远就这么跟我描述过："说起大理的酒吧，很多都是一个中国老板娘配一个老外，更有趣的是这些老外还经常轮替，旧的跑了新的来了，居然还有从这个酒吧提着行李住到另一个酒吧去的。"

我二月份来找房子的时候验证了慕远所说，人民路下段有一家每天放着吵闹不堪的摇滚乐的小酒吧，我认识了里面的一个法国人，如你所知，他的女朋友就是这家酒吧的主人。

法国人愁眉苦脸地跟我诉苦，说他想去中国各地旅行。

"那就去呗，你们欧洲人就算不干活不是也有不少福利补贴吗？在中国背包游足够了吧？"

"可是她（老板娘）不肯啊。"

"那只能看你自己了。"我敷衍道，总不能说些拆散他们的话。

"她说只要我留在酒吧，其他随便我干什么都行。"

"看来大理还是对你有很大的吸引力啊。"我说。

"那当然，简直就是Awwwwwwsome。"他夸张地扬着眉说，我敢打赌他若精通中文、常上微博的话，肯定会神秘兮兮地添加一句：你懂的。

"那你在这酒吧多久了？"我问。

"还有两个月就四年了。"

哎，你还让我说什么好。

其实欧美人大学毕业后有到世界走一走的传统，其中很多人即使家境富裕也会选择背包客的方式穷游，目的地往往是印度、泰国之类的亚洲神秘（对他们来说是）国度。因此廉价的消费、优美的风景和悠久的文化成了最刺激他们嗅觉的东西，已故的苹果总裁乔布斯年轻的时候就光着脚穿着一身破烂衣服走过印度。

其中有一些外国人因为爱情或大麻（前者是幻觉，后者更真实）长期留在了当地，也有归国后朝思暮想又回来的。低成本的生活与围着他们转的当地女孩子让他们飘飘欲仙，丰富的见识（相对当地人来说）让他们浸淫在羡慕和赞美之中。妻就老说要不是她，我肯定也堕落成这样自以为是的嬉皮。

我倒并不觉得有什么不好（当然妻说的也是对的，你懂的），毕竟一个愿打一个愿挨，不过到了大理后却又觉得好像不太像回事。这里的老外情结未免也太严重了，简直到了只要会烤个蛋糕，开句洋腔，回味无穷地说一句：我曾经在哪个国家怎么怎么样，就会被一大堆带着中国式英语的人围着阿谀奉承，时不时地还自嘲自己的"Chinglish"怎么怎么不地道。我提醒他们"Chinglish"是略带歧视的字眼，他们不以为然地告诉我人家都这么说的。人家？是外国人吗？

我认识一个瑞士人，是一个酒吧老板娘的男友（必须的），应该说曾经是（必然的），有一次吃饭时老板娘跟我们用中文说了个笑话他当场就生气了，表示我们不应该在他面前说中文，还笑，这样不礼貌。好吧我不知道瑞士礼仪，可是到美国和欧洲旅行的中国人我见过不少，不是每一个都争先恐后地说英语的吗？那么你来中国那么多年，为嘛不学学中文？

在大理各种老外见多了之后，我和妻一致的评论就是很一般，个性自大，做人处事不懂谦让，做出来的饭菜也不好吃，简直就像在自己国家混不下去了拿着社会福利来古城找乐子的。当然也不能一言以蔽之，也听说过不少来做慈善义工之类的，可是，听得最多的还是某某老板娘被谁搞大肚子，某某人被谁忽悠了一大笔钱，然后老外们拍拍屁股溜走了的故事。

我们客栈就有一个美籍越南裔的年轻人，带着刚认识的中国女孩子借宿在阿杰的房间里，一边逢人就说我很穷我没钱，一边每个月掏一千元人民币续签他的签证，一边满大街地忽悠人请他吃饭。有一次我问他大理好吗？

"Awwwwwsome！"他说。

最后一种是褒贬不一的经商者：因为旅游城镇的兴旺而来古城发展的，即使近来房租费水涨船高，但相比隔壁的丽江大研、束河古镇，这里还能让大部分的投资者负担得起。

据我所知，很多店的老板们都是有故事的人，曾经在大城市里经历过不平凡的事情，之后偶尔旅行于此，一不留神便沉醉在这慵懒的阳光和绚丽的晚霞中。于是他们租了铺子，用心装修，把来自远方的物品摆放在橱窗之中，他们的魅力和阅历覆盖着屋子里的每一个角落，他们自己坐在庭院中央编织时间。他们丰富了古城的生活（对外地人来说），却掩盖了古城原本的文化（或许也只是对外地人来说），君不见如今的大理古城满大街都是从各大都市不远万里飘来的浓烈气息。

至于孰是孰非，这个问题我恐怕说不上来，你问十个人也许得到的答案都不同，见仁见智，非要有什么看法的话，我想只要别那么大张旗鼓、扼杀

远方的人们为友人送行，阿杰、一山、纪尘、妻和苹果

原生态就可以了。

　　我和妻（你看，是外地人）很喜欢古城的各种小店铺，比如晚饭就经常去一家浙江姐妹开的小厨房。店里干净明亮，做的饭菜不仅可口，而且清淡，相比当地邋里邋遢的饵块米粉店，差不多就是4S店的展览厅和废弃车处理厂的区别。其次还有一家博爱路上的西点咖啡店，糕点本身说不上精品，但在古城里算是首屈一指，令人敬佩的是当值员工大多是聋哑人士，老板的良苦用心可见一斑。

　　这些风格迥异的外来店面逐渐把古城变得多姿多彩起来，不过从悲观的方面来看同时也使古城臃肿变形了。原来该有的淡淡轻音与古意盎然的生活

沙溪平舍客栈，清晨下了一场雨，水滴从雕刻的瓦片落下，止了时光

态度慢慢渗到泥土里，即使没有消散，但也很难轻易触摸得到了。商业化在此变成了吃力不讨好的工匠，既被重视，也被批判得体无完肤，而它的作品宛如一本套着碧昂丝性感封面的历史名著，吸引了很多随波逐流的人，卖了个满堂彩，同时也错过了不少严谨的读者。

从六月开始，大理进入了长达四个月的雨季，刚开始只是淅淅沥沥地早晚下一点，到了七月中旬，雨季像是从临时工转正似地不分昼夜工作起来。

远方客栈不少在人民路摆摊的女孩们因为下雨而变得无所事事，于是开始商讨着趁此去周边走走。妻和她们交情很好，便决定一起开车去沙溪，最后同行的有小梦和似水，还有刚住进来的男孩阿山。

从大理古城到沙溪有一百多公里路，以山路为主，弯弯曲曲的很不好

爱书的女子们留念于沙溪麦秋书吧

走，加上一路下着细雨，差不多用了四个小时才抵达。

　　沙溪古镇很小，但有一个很大的四方街，中央有一棵仿佛天地初始时就守护在这里的老槐树，参天的躯干及茂密的树冠把古镇整个撑起，与尘世遥遥相望。在它的两旁分别是古老的戏台和一座栽满柏树的小寺庙，淡似轻烟的雨和柔若绕指的空气在这里一层覆着一层沉淀。偶尔也可以看到匆匆走过的零星游人，数量差不多是大理古城此刻不带伞仰着头走路的人的总和。

　　我们住在一间古色古香的客栈，老板是江西人，听说以前是个有名的设计师。客栈不张扬但个性十足，质朴的木台阶散着晚香，水珠从屋檐的眉宇间滑落，灯火阑珊。妻倚在窗前对我说："你听风吹拂树叶的声音，沙沙沙地甚是好听"。

　　我们在沙溪一共住了两天，虽然一直在不停地下雨，但身边的事物都安静得不可思议，仿佛一切与世间有关的喧嚣在走进这座古朴的小镇时就被冲得一干二净。我们踮着脚走路，生怕打扰了那些几乎和老槐树一样长满白发的时间。

　　回来的路上妻说冬天我们去沙溪住吧，那里有我寻找已久的味道，我说我也有同感。

　　我想因为交通和宣传的关系，沙溪就像很久以前的大理，或者白垩纪前的丽江，外来长住的人仅仅如同点缀似地共存其中，分享着雨声、梦或者其他。不过恐怕总有一天，这个小小而脆弱的空间一样会被四面八方涌来的人们挤得碎落满地。

　　写到这里的时候我突然激灵灵地打了个寒战，捣鼓艺术的（虽然真不想把自己归类在文字艺术范畴内），外国人（移不移民这码事又不是当时我一个小孩子能做主的），经商者（妻最近老跟着那些女孩摆摊），我们这要是搬去沙溪，一下子就把这三种占全了，伤脑筋。

# 1　远方的大鼓

尼耶伏的小说《蓝鲸》里有一段很浪漫的片段：一头受孕的蓝鲸深深地沉到海底寻找温暖的火山口，然后浮上水面重新获取氧气。浮沉之间由于气压的关系，它的大脑分成两种极端的状态，一种在现实中指引她方向，一种沉睡在美丽的梦境中。

"母鲸缓慢地划动着鳍，一边做着梦，一边沉到更深的海域，这梦，如一道电弧般穿越了她的脑海。"

每次看到客栈来来往往的旅者，我都会恍恍惚惚地想起那个故事。

我想旅行本身，就带着这种现实意识与梦想交错的过程，如同一场无可抗拒的深压，一旦形成梦境，即使回到充满氧气的海面，旅者们的脑海中依然会留着那段无法磨灭的记忆。

比如之前的流浪诗人伊昊，带着他写满文字的记事本饿着肚子坐在人民路上，上个月回到老家重新开始朝九晚五的上班生活，临走的时候把他随身带着的水杯放在客栈橱柜上："我一定会回来继续写我的诗。"他说。

比如义工小梦，辞职时签了越南、泰国等四五个国家的签证，到了大理后却决定哪儿也不去了。"除了不停地工作，我想拥有一些陌生的，但一直梦想的东西，我在大理找到了，就没必要去更多的地方了。"

比如大厨阿杰，舍弃他上海的户外用品店不顾，一个人跑到大理开了一家小餐馆，开餐馆也就算了，还特地选在深夜，每天的经营时间是晚上十点到凌晨五点。"没什么非此不可的原因，就是想开个小餐馆过一阵子罢了。"

比如四人间的漂亮姑娘似水，放弃北京高薪工作，买了好几箱她喜爱的瓷杯子在人民路上摆摊，每天小心翼翼地把数十个杯子摆放在蓝色的布上，收摊时再逐个用报纸包好，光整理就需要一个多小时。"等到我把这些杯子卖完了，我就去旅行，尼泊尔，印度，台湾，日本，欧洲各国。"她一个一个地数着，那些地方仿佛近在咫尺。

我们住的这个远方客栈就像深海的那座冒着热气的火山口，无声无息地包裹着来此歇脚的旅者，巨大的水压形成一个独立存在的世界，孕育起一个个暖暖的梦想。

提到远方客栈，还真的非常特别。其他地方我不清楚，但就我们住过的丽江大研、束河古城和现在的大理古城来说，远方客栈的特别之处，或者说她的迷人之处，就是她那随便你怎样我都不会发脾气的逆来顺受，或者说是高度包容的个性。如同罗宾·威廉姆斯瘪瘪嘴耸耸肩说没关系时的样子。

恐怕这和女掌柜纪尘不无关系，不管客栈发生什么事，她都是一副"啊呀呀好嘛也只能由他去了"的表情。住客说，掌柜我要去街头卖唱，你那把吉他借我两个月吧？（好嘛好嘛）；住客说，掌柜我觉得新请的义工必须是帅气的男孩，我帮你把关你就别管了（好嘛好嘛），住客说，掌柜以后还是我替你整理厨房吧，老被大家堆得乱七八糟你也不闻不问（好嘛好嘛，说这话的其实是我太太）。最夸张的是义工小梦说以前有一对住客欠了两个月房

远方小院，得掌柜万千宠爱的豆豆，永远忧郁不知所措

远方。一无所有。应有尽有。客栈的角落都是旅行笔记

费，最后临走时没钱付还问纪尘能不能接济点车费，而我们的大掌柜居然还真给了。不过说归说，你们谁要来大理旅行住远方客栈，可不能也这么胡来，做人要厚道。

　　这么一来客栈就变成了这里长住客们随性发挥的地方，说喧宾夺主也不为过，大家都把客栈当做自己的地方，掌柜一边凉快去（好嘛好嘛）。

　　远方客栈还有两个特色，其中之一是阴盛阳衰。纪尘一天到晚抱怨怎么来的住客全部都是女孩，"难道男人绝种了吗？"我和深夜食堂的阿杰（客栈唯一的两位雄性）挖着鼻子无言以对。

　　另外一个特色就是这些女孩简直一起约好似的都在古城摆摊。刚住进来的时候有练瑜伽的女孩小雪摆摊卖异国饰品和音乐CD，喜欢赤着脚穿民族服饰的女孩阿紫摆摊卖每晚自己亲手制作的手工艺品。她们离开以后，又来了弹一手好听古琴的优雅的月儿姑娘，每天清晨起来熬五锅养生粥，卖完为止。还有捧着一盒盒瓷杯子如孩子般宝贝的似水，生意一好就到处找人陪她吃夜宵。写这篇文章的时候，隔间的九零后小梦姑娘画了一个月的画，准备开始摆摊卖手绘明信片。旅行过很多国家的小艾跟风画起了脸谱面具，二楼的叶子姑娘买了一大堆颜料和陶罐子，女掌柜每天从她屋子里变戏法似地掏出一条条手链要求摆摊大军们顺便替她兜售。

于是有一天妻煞有介事地对我说："我不要做黄脸婆，我也要去摆摊。"然后拍拍边上的苹果："从今晚开始我们家养家糊口的人就是妈妈我了，女人们当家做主的时候到了。"苹果一脸迷茫地完全不知道此刻正在闹家变。

妻摆摊的时候我常去探班，她一周去三天（其实刚开始每天都去，没过两周就嚷嚷累啊累啊赚钱真累啊，开始偷懒，还不时地迟到早退），妻卖的主要是我们旅行积累下来的各种物品，首饰呀包包呀布匹呀什么的，还有之前为伊昊做的一堆明信片。她和似水最熟，所以就摆在她的旁边，两个人从下午五点开始坐在一起，没顾客的时候就看书玩Ipad什么的，要不就是低着头凶巴巴地说男人坏话（我猜的，不算数）。

不是我夸口，我们客栈的每一个摆摊女孩都很漂亮，气质也出众，于是久而久之就给她们分别起了外号，粥西施、瓷西施、瑜伽西施、流浪西施、手绘西施，总之如果2012年7月份你若曾在晚上走过人民路上段，除却临时摆摊的那些放暑假的学生，剩下的都是远方客栈的，形容为一道亮丽的风景线也不为过。

说是摆摊，其实这群人里并没有谁是奔着赚钱的目的去的，更不会为了推销产品而吹得天花乱坠，你不会从她们之中感受到关于金钱利

远方的地摊美女们，上班了

益商业贫富之类的东西，没错如果生意好她们都会笑逐颜开，只是那纯粹是一种欣喜，一种精彩。

从稍微远一点的地方看过去，女孩们就那么安安静静地坐在地上，仿似做着自己私人的梦，就像进入暂时性的催眠状态一样，一种旅行中梦幻般的催眠，这方面我太太也不例外。

当然所谓的养家糊口之类的还是听听就算了，每次妻卖了什么物品，必定兴高采烈地拉着似水她们："走，我请客吃鱼去。"结果回家一算，卖了四十块，请客请掉八十块。

七月份我们客栈来了一个东北男孩，叫阿山，斯斯文文地戴着细边眼镜，说打算在大理住两个月。他很喜欢打非洲鼓，每天在古城和有着同样爱好的朋友一起打着玩。

有一天他兴奋地告诉我，他在古城遇到个专业的打鼓老师。"那老师可神了，我在他屋里听他打了三个小时鼓（当时我很想说能连着听三个小时，你也不赖），后来有个游客经过，手痒也在老师面前打了一通，结果你猜老师说什么？"

"老师皱着眉对那游客说，你是丽江过来的吧？一听就是丽江打法，乱七八糟。"

如你所知，每个长住古城的人，或多或少都会对其他古城的人有些看法，在大理经常可以听到数落丽江商业气息过浓的论调，反之亦然。不过阿山很显然已经对那打鼓老师佩服得五体投地，从那天起他非常认真地跟着老师练习正统打法（或者是大理打法），白天在老师那里学，回来就在客栈里拿着纪尘的鼓咚咚咚地敲。

有趣的是每晚五点摆摊女孩们出动的时候，多半是他打鼓正酣、浑然忘我的当口，于是只见一男子晃着脑袋敲击着，随着咚咚咚、咚咚、咚咚咚咚的激昂背景音乐，一群姑娘们雄纠纠气昂昂地走出远方，要多煽情有多煽情。

村上春树的旅行笔记《远方的鼓声》中引用过一段土耳其的古老歌谣当做前言：

"学打鼓的目的是为了去非洲告诉他们，这是大理打法"。旅人一山如是说

"有一天早上醒来，侧耳倾听时，忽然觉得好像听见远方的大鼓声。从很遥远的地方，从很遥远的时间，传来那大鼓的声音。非常微弱。而且在听着那声音之间，我开始想无论如何都要去做一次长长的旅行。这不就行了吗。听见远方的鼓声。现在想起来，我觉得那仿佛是驱使我去旅行的唯一真正的理由。"

作为我的这本旅行笔记的结尾，我想这段话再恰当不过了，你看，首先客栈名字可不是我胡乱捏造的，其次鼓声也是"正统"的。

咚咚咚，咚咚，咚咚咚咚

咚咚咚，咚咚，咚咚咚咚

# 后记　Whatever will be，will be

旅居的这些年，经常有人会问："你们跑过那么多地方，觉得哪里最好？"

说不上来，这简直就像要我立刻指出八九十年代TVB的电视剧哪一部最经典般叫人头痛的问题。我的回答一律是：每个城市/小镇都有让我们着迷的地方，大多都是独一无二的，彼此之间也没有什么可比性，所以很难说哪里最好。

不过这样的答案往往不能让提问者满意，人们更倾向于把所知的东西归类，路上相遇的旅者经常会告诉你：他们去过的某个景点最漂亮，某个民族最淳朴，某个国家最混乱或者某个城市的背景最适合炫富这类的看法。我并不怀疑其真实性，对旅者个人来说，旅途中受当地人的一次盛情款待或遭遇小偷骗子都足以产生一些无可避免的主观性，并直接影响他们对那里的评价。

我想这大概就是旅居和旅行之间最大的区别了，相对于背着包拿着《Lonely Planet》或《米其林指南》，尽情汲取这世界每一个角落精华的旅者，旅居生活远远没有那么梦幻。那些被人津津乐道的特色被时间慢慢侵蚀，如同镀金佛像的表面，渐渐浮现出来的东西平凡且普通，无论如何也无法被冠以什么之最或什么第一的名头。可是对于旅居者来说，这些东西却显得如此沉重珍贵，在它们面前，旅行本身变得无比卑微，更遑论比较其好坏高低。

况且褪去金衣的佛像，还是佛像，不是吗？

一直觉得，评价一座城市或者一个地方，最起码也得在那里实实在在地生活过一段日子，菜市场里挑选过蘑菇，电器店里寻找过节能灯，出门时记住公共汽车的时刻表，还有在当地音乐电台里听过怀旧DJ们对谭咏麟和罗大佑的个人感觉。

除此之外别无他法。

那种逛了逛山沾了沾水，吃过两顿农家乐然后开始品头论足起来的旅行指南，有他们自己的立场，当做旅行杂志的路线参考还说得过去，但当做该地方的评价，则有些力不从心了。

其实真的在一个地方住过了一年半载，也未必能道出个所以然来，这种情况在中国尤为突出，众多的民族赋予了城市鲜明的个性，深厚的文化底蕴又一层层地将其包裹在内。住下的那一天起也许你会说：哦，原来就是这样。可随着时间的推移，你慢慢地再也说不出这样的话了，取而代之的是一次深呼吸，或者把目光放在远方。这有点像在看陈道明演的电视剧，或者Kevin Spacy的电影，一种称得上冲击心灵的东西，在平平淡淡的语气与表情中不断地，一波接着一波地涌上来。

因此对于旅行，时间的量度起着至关重要的作用，同样的一个地方，以"天"来安排的旅程和以"周"或者"月"来安排的旅程能给你完完全全截然不同的体验。就好像你在喜爱的咖啡馆点上一杯摩卡，一处是不停看着表限定自己15分钟内喝完，另一处是读着史蒂夫·金的小说慢慢品尝，两者之间仿佛隔着好几个人生。

并不是孰是孰非的问题，出发点不同，旅行本身就不曾有过非此不可的理由，我和妻每年便会拿着廉价航空机票去世界各地作几次短短的度假游，借此冲淡常年旅居生活中那些挥之不去的疲惫感。

只是若你从未做过以"月"甚至"年"为计量单位的旅行，如果条件允许的话，请无论如何务必尝试一次。去过的或者没有去过的地方，一些从未凝聚过的东西会随着时间慢慢在你心里滋长。即使当你重新回到原来熟悉的生活，那小小的世界也已经不似往日，夜阑人静时，你依然可以清楚地感受到那段微弱的，但顽强跳动着的节奏。

记得那年我们决定搬去威海住，公司的同事打电话问我打算待多久，我说不知道，待到想离开的时候再说吧。事实上最后我们住了一年半，所住的小区房价都翻了整整一倍。

我们抵达威海的时间是傍晚七点，刚转进环海路的时候一阵海风迎面直扑而来，然后可以看到一长片延绵的海滩，月光映着一层层海浪像浮动的钢琴键，涛声有节奏地做着和弦。除此之外就是无边无际的安静，让人想靠在一起或者深陷在沙子里听Doris Day版本的《Whatever Will Be, Will Be》。

我缓缓地开着车，我们的公寓就在不远处，十二小时的长途旅程即将结束，春季的威海海边有些冷，不过在暖暖的车内稍微拉下一点窗缝再适合不过。说不上累也说不上轻松，这一刻我和妻在海边小路上慢慢地朝新家驶去，两人都有着"到了，开始生活吧！"那种把规划和安排统统扔到大海对面去的舒畅心情。

你看，如果此时附加一个"下个月必须回去"的条件，所有的一切势必都将变得不同。

Whatever will be, will be.

# "最美中国系列"丛书简介

*"Zuimeizhongguoxilie"congshujianjie*

《中国最美的88个自然风光旅游地》

《中国最美的88个特色旅游地》

《中国最美的88个人文旅游地》

"最美中国系列"丛书是旅游圣经团队历经数年发展、走遍中国后推出的巅峰之作。团队组织所有优秀作者撰写本系列,可谓十余位资深背包客视野中的"最美中国"。

本系列丛书内容系作者原创,是他们心灵的真实感悟;照片系作者亲自拍摄,是他们对美的瞬间永恒的诠释。饱含人文底蕴的文字配上震撼人心的精美照片,定会给读者带来极致美好的心灵慰藉。

本系列丛书共三本:

《中国最美的 88 个自然风光旅游地》
书号:ISBN 978-7-5124-0242-3
定价:39.80 元
出版社:北京航空航天大学出版社
《中国最美的 88 个特色旅游地》
书号:ISBN 978-7-5124-0320-8
定价:39.80 元
出版社:北京航空航天大学出版社
《中国最美的 88 个人文旅游地》
书号:ISBN 978-7-5124-0394-9
定价:39.80 元
出版社:北京航空航天大学出版社

# "中国最美旅游线路"丛书简介

"Zhongguozuimeilvyouxianlu"congshujianjie

《最美秦晋——从山西到陕西》

《最美江南——从南京到上海》

《最美中原——从洛阳到商丘》

《最美徽州——从黄山屯溪到三清山》

《最美湘桂——从湘西到桂林》

《最美福建——从厦门到闽东海岸线》

《最美海南——从海口到三亚》

**本丛书包括：**
最美秦晋——从山西到陕西
最美江南——从南京到上海
最美中原——从洛阳到商丘
最美徽州——从黄山屯溪到三清山
最美湘桂——从湘西到桂林
最美福建——从厦门到闽东海岸线
最美海南——从海口到三亚

本套丛书追求有个性有特色的旅行，淡化走马观花的传统方式，追求历史文化民俗的深度感悟、风景美食住宿的独特体验，倡导"大景点"概念，提倡在一个地方要做几件事。除了游览出售门票的传统景点之外，更推崇在当地探索不为人熟知的特色风景，寻找巷陌深处的地道美食，住一家温馨浪漫的小客栈，听一段地方戏，寻一件民间工艺品等等。这套丛书还打破了传统旅游书以省划分的模式，每本书都不限定某一个行政区域，而是在全国范围内精选多条特色经典路线，设计出最合理的行程安排，每条路线又可以根据读者不同的时间兴趣分化为数条小路线，全书景点行程可相对独立又紧密相连贯通一体。本套丛书由资深背包客实地考察后撰写，文字和照片均为原创，定能带给你全新的启示，使你的旅行充满趣味，更加丰富多彩。

《悠闲慢旅行》
书号：ISBN 978-7-5124-0508-0
定价：39.80 元
出版社：北京航空航天大学出版社

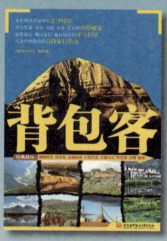

《背包客》
书号：ISBN 978-7-5124-0689-6
定价：39.80 元
出版社：北京航空航天大学出版社

《老北京新北京 2012-2013》
书号：ISBN 978-7-5124-0682-7
定价：39.80 元
出版社：北京航空航天大学出版社

**《搭车旅行：那些边走边晃的日子》**
　　书号：ISBN 978-7-5124-0923-1
　　定价：39.80 元
　　出版社：北京航空航天大学出版社

**《一个人旅行直到世界尽头》**
　　书号：ISBN 978-7-5124-0888-3
　　定价：39.80 元
　　出版社：北京航空航天大学出版社

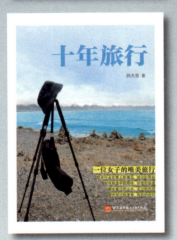

**《十年旅行》**
　　书号：ISBN 978-7-5124-0969-9
　　定价：39.80 元
　　出版社：北京航空航天大学出版社

**《最美藏地时光》**
　　书号：ISBN 978-7-5124-1002-2
　　定价：39.80元
　　出版社：北京航空航天大学出版社

**《大学生穷游指南》**
　　书号：ISBN 978-7-5124-0992-7
　　定价：39.80元
　　出版社：北京航空航天大学出版社

**《路人甲》**
　　书号：ISBN 978-7-5124-1032-9
　　定价：39.80元
　　出版社：北京航空航天大学出版社